SE VIVÊSSEMOS EM UM LUGAR NORMAL

FSC
www.fsc.org
MISTO
Papel produzido a partir de fontes responsáveis
FSC® C101537

A marca FSC® é a garantia de que a madeira utilizada na fabricação do papel deste livro provém de florestas que foram gerenciadas de maneira ambientalmente correta, socialmente justa e economicamente viável, além de outras fontes de origem controlada.

JUAN PABLO VILLALOBOS

Se vivêssemos em um lugar normal

Tradução
Andreia Moroni

Companhia Das Letras

Grafia atualizada segundo o Acordo Ortográfico da Língua Portuguesa de 1990, que entrou em vigor no Brasil em 2009.

Título original
Si viviéramos en un lugar normal

Capa
Elisa v. Randow

Preparação
Ciça Caropreso

Revisão
Isabel Jorge Cury
Valquíria Della Pozza

Os personagens e as situações desta obra são reais apenas no universo da ficção; não se referem a pessoas e fatos concretos, e não emitem opinião sobre eles

Dados Internacionais de Catalogação na Publicação (CIP)
(Câmara Brasileira do Livro, SP, Brasil)

Villalobos, Juan Pablo
Se vivêssemos em um lugar normal / Juan Pablo Villalobos ; tradução Andreia Moroni. — 1ª ed. — São Paulo : Companhia das Letras, 2013.

Título original: Si viviéramos en un lugar normal
ISBN 978-85-359-2324-7

1. Ficção mexicana I. Título.

13-08282 CDD-863

Índice para catálogo sistemático:
1. Ficção : Literatura mexicana 863

[2013]

EDITORA SCHWARCZ S.A.
Rua Bandeira Paulista, 702, cj. 32
04532-002 — São Paulo — SP
Telefone: (11) 3707-3500
Fax: (11) 3707-3501
www.companhiadasletras.com.br
www.blogdacompanhia.com.br

Sumário

Para Ana Sofía

Profissionais do insulto

— Vai tomar no cu duma vez, seu filho da puta! Vai à merda!

Sei que não é uma maneira adequada de começar, mas a minha história e a história da minha família estão cheias de insultos. Se realmente vou contar as coisas que aconteceram, vou ter que mandar um monte de gente tomar no cu. Juro que não existe outro jeito, porque a história ocorreu no lugar onde eu nasci e cresci, em Lagos de Moreno, nos Altos de Jalisco, uma região que, para piorar, está situada no México. Deixem-me explicar de uma vez quatro coisas sobre a minha cidade, para quem nunca esteve aqui: há mais vacas que pessoas, mais *charros** que ca-

* Vaqueiro tradicional mexicano, que lembra o caubói norte-americano. Os *charros* participam de *charreadas*, competições parecidas com os rodeios, e se vestem com roupas típicas coloridas, que incluem um chapéu de aba muito larga (o chapéu de *charro*) e um laço no pescoço. [Todas as notas de rodapé são do autor]

valos, mais padres que vacas, e as pessoas gostam de acreditar na existência de fantasmas, milagres, naves espaciais, santos e similares.

— Mas que cuzões! Eles são uns filhos da puta! Será que eles querem ver a nossa cara de idiota?

Quem gritava era o meu pai, um profissional dos insultos. Ele praticava o tempo todo, mas sua sessão intensiva, para a qual parecia ter treinado o dia todo, transcorria das nove às dez, a hora do jantar. E a hora do jornal. A rotina noturna era uma mistura explosiva: *quesadillas** na mesa e políticos na televisão.

— Corja de bandidos! Seus corruptos de merda!

Dá para acreditar que meu pai era professor do colegial?

Com essa boquinha?

Com essa boquinha.

Minha mãe vigiava o estado da nação em frente ao *comal,*** virando as *tortillas**** e controlando os níveis de cólera do meu pai. Mesmo assim só o interrompia quando via que ele estava à beira de um colapso, quando meu pai dava de engasgar diante da sucessão de disparates dialéticos que presenciava no jornal. Só aí minha mãe se apro-

* *Tortillas* de farinha ou de milho recheadas com queijo derretido ou outros ingredientes, servidas quentes e dobradas ao meio. Alguns recheios comuns incluem flor de abóbora, *huitlacoche* e *chicharrones*.

** Chapa de metal, normalmente redonda, colocada sobre a boca do fogão e onde se aquecem as *tortillas*.

*** Massa redonda assada, semelhante a uma base de pizza, porém de tamanho menor, feita de farinha de trigo ou de milho. Um dos pilares da culinária mexicana, com ela são feitos os *tacos* e outras inúmeras receitas.

ximava para lhe aplicar uns tapinhas certeiros nas costas, aperfeiçoados pela prática cotidiana, até que meu pai cuspisse um pedaço de *quesadilla* e perdesse aquela coloração arroxeada com a qual adorava nos aterrorizar. Tudo a porra de uma ameaça de morte não cumprida.

— Tá vendo, calma, você vai ter um treco — minha mãe o repreendia, fazendo o diagnóstico de úlceras gástricas e icto apoplético, como se não fosse suficiente quase ter morrido de uma combinação letal de milho industrializado com queijo derretido. Em seguida ela tentava nos acalmar do susto e nos tranquilizar, exercendo a contradição materna.

— Deixem ele, isso ajuda a descarregar.

Nós o deixávamos, que ele se asfixiasse e descarregasse, porque nesses momentos nos concentrávamos numa luta fratricida pelas *quesadillas*, uma batalha selvagem pela autoafirmação da individualidade: tentar não morrer de fome. Em cima da mesa era uma estapeação danada, dezesseis mãos, com seus oitenta dedos, em lide para afanar as *tortillas*. Meus adversários eram meus seis irmãos e meu pai, todos eles tecnocratas altamente qualificados nas estratégias de sobrevivência numa grande família.

A batalha se encarniçava quando minha mãe anunciava que as *quesadillas* estavam acabando.

— É a minha vez!

— É a minha!

— Você já comeu umas oitenta!

— Mentira.

— Cala a boca!

— Eu só comi três.

— Silêncio! Vocês não me deixam escutar! — nos interrompia meu pai, que preferia os insultos televisivos aos que aconteciam ao vivo.

Minha mãe desligava o fogo, abandonava o *comal* e entregava uma *quesadilla* a cada um; essa era a sua visão da igualdade: ignorar os desajustes do passado e repartir os recursos em partes iguais.

O cenário de nossas batalhas cotidianas era nossa casa, que era como uma caixa de sapatos com uma tampa de lâmina de amianto. Morávamos lá desde que meus pais se casaram, bom, eles moravam, nós fomos chegando expulsos do útero materno, um atrás do outro, um atrás do outro e, no final, como se não bastasse, em dupla. A família cresceu, mas a casa não acompanhou, de modo que tivemos que encolher os colchões, afastá-los, dividi-los para todo mundo caber. Apesar dos anos, parecia que a casa ainda estava em construção pela falta de acabamentos. A fachada e os muros perimetrais mostravam sem pudor o tijolo de que eram feitos e que deveria permanecer oculto sob uma camada de cimento e tinta se respeitássemos as convenções sociais. O piso havia sido preparado para receber placas de cerâmica, mas o procedimento nunca se completou. Situação idêntica ocorria com a inexistência de azulejos nos lugares que haviam sido reservados para eles no banheiro e na cozinha. Era como se a nossa casa gostasse de andar pelada, ou pelo menos com roupas leves. Para não divagar, não entremos nos detalhes da precariedade das instalações elétricas, de gás e de água; basta dizer que havia fios e tubos por todos os lados e dias em que era necessário tirar a água da cisterna com a ajuda de um balde amarrado a uma corda.

Tudo isso aconteceu há mais de vinte e cinco anos, na década de 1980, época em que passei da infância à adolescência e da adolescência à juventude alegremente condicionado pelo que alguns chamam de visão interiorana do mundo, ou sistema filosófico municipal. Naquela época, eu achava, entre outras coisas, que todas as pessoas e as coisas que apareciam na televisão não tinham nada a ver com a gente e com a nossa cidadezinha, que as cenas da telinha aconteciam em outro nível da realidade, numa realidade emocionante que nunca tocava nem tocaria nossa entediada existência. Até que uma noite tivemos uma experiência apavorante na hora das *quesadillas*: nossa cidade era a protagonista do jornal. Caiu um silêncio tão grande que junto com o relato do repórter era possível escutar o roçar dos dedos levantando as *tortillas* em seu caminho até a boca. Não era por causa da surpresa que íamos parar de comer; se vocês acham inverossímil ingerir *quesadillas* em meio a um estupor generalizado é porque não cresceram numa grande família.

Duas imagens congeladas alternavam-se na tela, enquanto o repórter insistia que a prefeitura estava ocupada pelos rebeldes: a rua principal do centro bloqueada com um monte de lixo, que o apresentador do jornal chamava de *barricadas*, e um pneu pegando fogo, com sua inseparável e emergente companheira fumaça. Então olhei pela janela da cozinha da nossa casa, situada no alto do morro da Puta Que Pariu, e confirmei a versão do noticiário. Cheguei a ver quatro, cinco nuvens negras, sinistras e fedorentas sujando a vista da paróquia iluminada. A paróquia merece uma menção à parte, aquela montanha de bosta de pedra rosada que podia ser vista de qualquer ponto da cidade e que era a sede de um exército de padres que nos obrigavam a seguir suas crenças de infelicidade e arrogância.

A notícia esclarecia as conversações sussurrantes entre meus pais, os insistentes telefonemas dos colegas de papai — *Aqui é o professor fulano, deixa eu falar com o seu pai, Aqui é o professor beltrano, deixa eu falar com o seu pai.* Se eu tivesse prestado atenção, não teria precisado ver o noticiário para saber o que estava acontecendo, e além disso eu vivia a etapa suprema do egoísmo, que é a adolescência. Finalmente meu pai interrompeu o linchamento nacional de nossos rebeldes locais com toda uma gesticulação de puto da vida que lançava pedacinhos de milho ao ar.

— Que esperam que eles façam, se vocês roubam as malditas eleições? Não querem perder? Pois não organizem a porra das eleições, e paramos de bancar os idiotas!

Nesse mesmo dia, um pouco mais tarde, uma caminhonete com alto-falantes passou lentamente em frente a nossa casa, exigindo-nos aos gritos um ato de civismo incompreensível, que consistia em renunciar à rua e ficar trancados dentro de casa. Até um novo aviso. Se eles tinham enviado o aviso até o morro da Puta Que Pariu, onde só havia algumas casas, separadas umas das outras por amplas extensões espinhosas de acácias, era porque a coisa estava mesmo fodida.

Minha mãe foi correndo para a cozinha e voltou com os olhos marejados de lágrimas e a voz trêmula.

— Meu amor — anunciou a meu pai, e em casa esse início carinhoso servia sempre de prólogo para catástrofes —, só temos trinta e sete *tortillas* e oitocentos gramas de queijo.

Entramos em uma fase de racionamento de *quesadillas* que terminou por radicalizar as posturas políticas de todos os membros da família. Conhecíamos muito bem a montanha-russa da economia nacional pela espessura das *quesadillas* que minha mãe nos servia em casa. Tínhamos até criado categorias: *quesadillas* inflacionárias, *quesadillas* normais, *quesadillas* desvalorização e *quesadillas* de pobre — citadas por ordem de maior opulência a maior mesquinhez. As *quesadillas* inflacionárias eram grossas para evitar que apodrecesse o queijo que minha mãe havia comprado em estado de pânico diante do anúncio de que o preço dos alimentos subiria novamente e o perigo tangível de que a conta do supermercado passasse dos milhões para os bilhões de pesos. As *quesadillas* normais eram as que comeríamos todos os dias se vivêssemos num país normal, mas se fôssemos um país normal não comeríamos *quesadillas*, portanto também as chamávamos de *quesadillas* impossíveis. As *quesadillas* desvalorização perdiam sustância por razões mais psicológicas que econômicas, pois eram as *quesadillas* da depressão crônica nacional — e eram as mais comuns na casa dos meus pais. Por último, tínhamos as *quesadillas* de pobre, nas quais a presença do queijo era literária: você abria a *tortilla* e, em vez de queijo derretido, minha mãe havia escrito a palavra queijo na superfície da *tortilla*. O que ainda não conhecíamos era a chantagem do desabastecimento quesadillesco.

Minha mãe, que nunca na vida havia emitido uma opinião política, ficou do lado do governo e exigia a aniquilação dos rebeldes e a restauração imediata do direito humano à alimentação. Meu pai levantava a bandeira do estoicismo e respondia à minha mãe que a dignidade não podia ser trocada por três *quesadillas*.

— Três *quesadillas*? — contra-atacava minha mãe, cujo desespero lhe incitava a ironia feminista. — Realmente você não tem noção de nada! Esta casa precisa de pelo menos cinquenta *quesadillas* por dia.

Para aumentar a confusão, meu pai insistia que os rebeldes eram uns idiotas, apesar de defendê-los. Ele seria um mal-agradecido se não os defendesse, pois tinham sido eles, em um de seus esporádicos períodos de governo havia mais de dez anos, que, num ato de populismo injustificável, haviam levado a luz e o telefone ao morro.

Basicamente, o que os rebeldes faziam era gritar viva ao Cristo Rei e rezar para que o tempo retrocedesse até o início do século xx.

— O que esses coitados querem é morrer, mas não sabem como; estão tentando morrer de fome, só que demora muito, por isso gostam tanto de guerra — dizia meu pai para nos explicar que os rebeldes não iriam negociar, que não iriam aceitar nenhum acordo com o governo.

Dizíamos que eles eram *os do galinho colorado* porque o logotipo do partido político era um galo vermelho, mas principalmente por eles — como a maioria dos partidos — também gostarem de se autodesignar com combinações de siglas impronunciáveis. Como não havia outro partido com um galo azul ou amarelo, o que teria estabelecido uma fonte de ambiguidade e exigido o uso do adjetivo, muitas vezes a economia linguística — ou seja, a folga

— nos impelia a denominá-los só de *os do galinho*. Eram camponeses assentados, pequenos fazendeiros, professores, sempre acompanhados por uma corte fiel de beatas de diversa procedência. Eram chamados de *sinarquistas* e sua missão era repetir as derrotas de seus avós, de seus pais, que lutaram na guerra lá pelos anos 20 do século passado, quando o governo decidiu que as coisas do céu eram do céu e as da terra, do governo.

Diante desse panorama emocionante, meus irmãos e eu — seres semirracionais que oscilavam entre os quinze anos de Aristóteles, o mais velho, e os cinco dos gêmeos de mentira, separados uns dos outros de maneira meticulosa por períodos de dois anos que sugeriam um perturbador costume sexual dos meus pais — nos dedicávamos a representar combates entre os rebeldes e o governo com porradas limpas. Eu chefiava os rebeldes, porque Aristóteles só aceitava ser o governo, as forças da ordem, como ele dizia. Em nossas lutas, o governo sempre ganhava, porque Aristóteles já exercia sua metodologia fascista, que combinava força excessiva com a compra dos opositores. Como se não bastasse, em seu exército sempre estavam os gêmeos de mentira, que não se abalavam com nada, não falavam, não se mexiam, não piscavam, eles gostavam de se comportar como plantas, e para as plantas em geral é impossível se render. Eram um par de samambaias plantadas em seus vasos, sabíamos que bastava estender a mão e aplicar um mínimo de força para machucá-los, mas nunca fazíamos isso, porque tínhamos a impressão de que as samambaias não podiam machucar ninguém.

Por outro lado, eu tentava me impor com minhas habilidades retóricas, mas estava condenado ao fracasso, pois ninguém me entendia.

— Meus concidadãos: ainda é tempo de vocês se afastarem do abismo profundo, ainda é tempo de voltarem ao bom caminho e deixar a seus filhos a herança mais preciosa que é a liberdade, seus direitos inalienáveis e seu bem-estar; vocês ainda podem lhes legar um nome honrado que seja por eles lembrado com orgulho, apenas por terem se entregado à revolução, e não à tirania — eu discursava aos meus, até que Aristóteles se cansava e interrompia meu discurso com porradas.

De nada adiantava eu ter vencido os jogos florais da escola por sete anos consecutivos, improvisando peças de oratória e recitando poemas próprios, alheios e anônimos. Os poemas anônimos às vezes eram anônimos, às vezes eram próprios e às vezes eram do meu pai, que tinha — de longe — mais talento para as grosserias que para as metáforas. O grau de vergonha que eu sentia quando os lia determinava a autoria.

Em nossa posição estratégica no morro da Puta Que Pariu, esporadicamente escutávamos uma explosão, um tiroteio ou detectávamos novos incêndios. Pelas conversas telefônicas de meus pais com meus tios, que viviam no centro, como as pessoas normais, e não na casa da puta que pariu, sabíamos que não adiantaria nada arriscar-se a sair de casa, pois todo o comércio estava fechado. Segundo meu pai, as famílias que moravam no centro tinham involuído para o quadrupedismo, andavam de gatinhas em casa, comiam deitadas e dormiam debaixo das camas. Essa demonstração de habilidades circenses só servia para elas se esquivarem das balas perdidas, um desperdício de talento e energia, considerando que todos nós vamos morrer um dia, sem exceção.

Apesar da precariedade e do risco de inanição que essas jornadas implicaram, elas foram um alívio para meu pai, que finalmente podia justificar sua decisão ermitã de construir a casa nos arredores da cidade — e no alto de um morro, puta que pariu! Ele ficava dizendo que, enquanto no centro todo mundo rezava pela própria vida, nós estávamos seguros, conosco não iria acontecer nada, o que me fazia pensar na possibilidade de acabarmos como os únicos sobreviventes, com a consequente responsabilidade de ter que povoar de novo o páramo — minha imaginação estava condicionada aos ensinamentos do Antigo Testamento.

Dois dias depois do início do conflito, o jornal das nove nos encontrou na desoladora condição de uma *quesadilla* de pobre por cabeça.

— Igualzinho a Cuba — minha mãe repetia.

— Em Cuba não existem *quesadillas* — retrucava meu pai.

— Pior pra eles, coitados — arrematava minha mãe, que se punha a olhar pela janela da cozinha, desejando pra caralho que bombardeassem a prefeitura de uma vez.

Os anseios holocáusticos da minha mãe não chegariam a se cumprir, mas quase: o apresentador do telejornal informou que naquele instante uma cacetada de antimotins enviados de Guadalajara chegava a Lagos para restabelecer a democracia. Como numa conexão cósmica estúpida, escutamos na hora um rumor distante e nos lançamos à janela da sala, que transparecia os acontecimentos interioranos com uma melhor perspectiva, velados, isso sim, por uma discreta cortina. Abrimos a cortina para ver direito e presenciamos o estropiado desfile de caminhões lá embaixo, na avenida que dava no centro.

— Isso! Pau no cu deles! Com certeza assim o problema acaba, como se eles fossem cachorros sarnentos. Idiotas! Filhos da puta! — insultava meu pai enquanto mamãe puxava o braço dele para trazê-lo de volta à decência do mutismo, vai que os policiais tivessem superpoderes e o escutassem.

Ficamos acordados até tarde da noite, pois o espetáculo de luz e som valia muito a pena. Meu pai finalmente se resignou ao silêncio e à tristeza, sua única atividade era nos fazer cafuné, um de cada vez, mas com isso ele mais nos angustiava do que acalmava, porque estava tão concentrado em sua afetuosidade que parecia que o fim do mundo se aproximava.

— Que é isso?

— Tiros — respondia meu pai, avesso a qualquer tentativa de açucarar a realidade.

— Eles vão matá-los, papai?

— Não, é só para assustá-los — mamãe intervinha correndo, sabedora da resposta que meu pai nos daria: *É pra isso que a polícia serve, pra matar todo mundo,* ou algo do gênero.

— E o que eles vão fazer com os rebeldes?

— Vão levar todo mundo pra cadeia e...

— E depois vão soltá-los, quando eles tiverem se arrependido das coisas erradas que fizeram.

— Não, não, não! Eles não fizeram nada de errado, as

eleições deles foram fraudadas, eles têm o direito de protestar.

— As crianças não entendem isso.

— As crianças já estão grandes e conseguem saber o que é errado.

— Você vai confundi-las.

— Melhor confusas do que enganadas.

De madrugada, quando a cidade voltou ao silêncio, minha mãe, exibindo seus conhecimentos bélicos, começou a preparar *quesadillas* desvalorização com as últimas reservas que restavam.

— Amanhã, assim que amanhecer, vamos ao mercadinho — ela disse a meu pai, que não quis comer a *quesadilla* e meia que lhe cabia, a qual repartimos em sete pedacinhos.

Fomos acordados muito cedo para irmos fazer compras em pânico. Tínhamos dormido tão pouco que as remelas nem haviam amadurecido. Descemos para o centro na caminhonete, meus irmãos e eu deitados na caçamba, enroscados em mantas e querendo jogar cartas para nos distrair, mas os chacoalhões das rodas deslizando sobre a irregularidade do terreno desmontavam nossas mãos de baralho. Na cidade, observamos pneus queimados, montes de lixo amontoados nas calçadas, alguns antimotins contando suas façanhas e os muros onde os rebeldes haviam pintado seu solitário lema: *Justiça para Lagos*. Parecia que os *sinarquistas* tinham comprado todo o estoque de spray da cidade. O desprezo do governo pela periculosidade dos rebeldes era tal que nunca se incomodou em repintar os muros. Até hoje é possível ler esse lema aqui e ali, em paredes sujas e descascadas cujos proprietários simpatizam com a causa ou, simplesmente, não têm dinheiro para pintá-las.

— Quais são os rebeldes? — perguntei.

— Será que você não entendeu o que o papai disse? Esses idiotas já se foderam — sentenciou Aristóteles.

Meu pai estava concentradíssimo em não bater a caminhonete, tarefa quase impossível porque, além da legião de motoristas febris, as ruas estavam apinhadas de caminhonetes camicases de entrega de leite. As fazendas vizinhas não haviam conseguido realizar as rotas dos últimos dias e agora tinham que se desfazer do leite em estado de semidecomposição. Não subestimem o tamanho de nossos estoques: era uma cacetada de leite. Agora já há poucas caminhonetes de entrega, desde a abertura do parque industrial da cidade nos anos 1990. Ali se instalaram as grandes companhias de laticínios, que consomem toneladas de leite e livram os pecuaristas do incômodo de buscar clientes no varejo. A maioria das pessoas compra o leite no supermercado, inclusive muitos preferem consumir os produtos lácteos da Comarca Lagunera, traindo nossos bovinos.

O Apocalipse transcorria na loja do ISSSTE.* Filas infinitas de seres abatidos e malvestidos, que com a abertura das portas se arremessaram para o interior do estabelecimento, como se em vez de comprar víveres quisessem morrer esmagados e acabar de vez com aquele sofrimento da porra. Nos dividimos em dois destacamentos: quatro dos meus ir-

* As lojas do Instituto de Seguridade e Serviços Sociais dos Trabalhadores do Estado compõem uma rede estatal de supermercados no México que vendem produtos a bom preço.

mãos foram com meu pai à *tortillería** e o resto, os gêmeos de mentira e eu, acompanhamos minha mãe em sua missão suicida. A divisão seguia uma lógica imposta a princípio pela faixa etária, mas principalmente pela distinção entre personalidades histéricas e melancólicas: Aristóteles com meu pai — por ser o mais velho, o mais histérico e o mais violento, meu pai podia controlá-lo melhor; o segundo, eu, com meus treze anos, com minha mãe — por ser o segundo e o mais triste e porque minhas estratégias de sobrevivência eram verbais, o que talvez significasse potenciais danos psicológicos a minhas vítimas — matéria de pouca importância quando saíamos de casa e o objetivo era evitar hecatombes próprias ou alheias; Arquíloco, Calímaco e Electra com meu pai, por estarem em idades perigosíssimas para o vandalismo e os autoferimentos — onze, nove e sete anos respectivamente; os gêmeos de mentira, juntos, com minha mãe e sob minha supervisão, coisa de que não necessitavam porque tinham cinco anos e estavam o tempo todo ausentes do mundo, concentrados em fazer fotossíntese e preocupados só em se manter um ao lado do outro, como se fossem siameses e não gêmeos de mentira.

Minha mãe não se assustava com multidões, eram seu hábitat, ela mesma havia crescido numa grande família, uma de verdade, das de antigamente, com onze irmãos reconhecidos mais outros três que se materializaram quando meu avô morreu, para exigir seu microscópico pedacinho de herança. Ela era uma especialista em tumultos, capaz

* Fábrica onde se produzem *tortillas*.

de conseguir a terceira senha da seção de frios, quando havia centenas de pessoas aclamando o carrasco dos suínos. Eu vigiava o carrinho no qual minha mãe, exultante, ia arremessando o queijo, o presunto, a mortadela. Era preciso ver a dedicação da minha mãe para conseguir que produzissem para ela fatias fantasmagóricas, mais fininhas, mais fininhas, ameaçava ela a atendente. Terminada a compra dos frios, constatamos que nesta vida cada merda de vitória corresponde a um cataclismo fodidíssimo: os gêmeos de mentira haviam desaparecido.

A busca se tornou muito complicada por causa da aparência dos gêmeos de mentira. Tínhamos que explicar à polícia e aos funcionários do ISSSTE como eles eram, e minha mãe se empenhava em começar sua descrição com uma frase que era um chamado irresistível à polêmica.

— São gêmeos, mas não iguais, eles não são nada parecidos.

— Se não são iguais, então não são gêmeos — nos fustigavam, deduzindo com sua ignorância que todo nosso relato era mentira, como se gostássemos de nos distrair brincando de esconde-esconde com membros inexistentes da família.

Eu tentava derrubar a defesa férrea da lógica aristotélica que os investigadores queriam edificar antes de darem início à busca dos gêmeos, completando a explicação da minha mãe com a ajuda de um soluço nervoso cujo objetivo era fraturar meu esterno.

— Eles são gêmeos, sim, só que de mentira.

— De mentira? Ou seja, são inventados — replicou um atrevido policial que parecia ter decidido que seria mais simples trazer nossas falsidades a público que encontrar os gêmeos.

— São bivitelinos, dizigóticos! — gritava minha mãe, arrancando os cabelos, já instalada na tragédia, visto que a situação havia desembocado na Grécia.

O policial me chamou de lado para me olhar com infinita compaixão e me perguntar, enquanto me acariciava as costas como se eu fosse um cachorrinho:

— A sua mãe está louca?

— Não sei — respondi, porque não sabia com certeza absoluta, nunca tinha precisado refletir sobre isso.

Como a emoção ainda era pouca, acrescentamos o problema da roupa indiferenciada, porque realmente dava trabalho nos distinguir uns dos outros, não digo para quem não fosse da família, mas até entre nós mesmos. Meus pais contribuíam à homologação com suas estratégias de economia de escala: compravam a mesma roupa para todo mundo a fim de barganhar descontos, calças jeans e camisetas coloridas, sempre a mesma roupa, um número maior para durar mais, o que produzia o efeito grotesco de estarmos permanentemente malvestidos. Quando a roupa era nova, parecia emprestada; quando servia bem, já estava velha. Tudo isso sem contar que os farrapos passavam dos irmãos mais velhos aos mais novos mediante um sistema sincronizado de herança.

Felizmente meu pai chegou e as discussões acabaram, apesar de alguns funcionários continuarem a nos vigiar com olhares desconfiados nos quais se percebiam gravíssimas acusações ontológicas. Rastreamos todos os cantos da loja, fizemos uma varredura nas ruas adjacentes e não encontramos os gêmeos de mentira. Tanta busca só serviu para que eu confirmasse o quanto éramos pobres, muito pobres, pois na loja havia uma porrada de coisas que nunca havíamos comprado.

— Mamãe, um dia vamos deixar de ser pobres? — perguntei, me pondo debaixo dela e recebendo as lágrimas que gotejavam de seu queixo e caíam no meu cabelo. Eu as aproveitava para me pentear, para abaixar os fios arrepiados.

— Seus irmãos estão perdidos! Não é hora de perguntar isso! — Mas para mim as duas coisas tinham a mesma importância: encontrar os gêmeos de mentira e definir as esperanças de ascensão socioeconômica de nossa família.

Dois policiais foram para casa conosco a fim de pegar as certidões de nascimento dos gêmeos e algumas fotografias que haviam tirado deles na escola poucos dias antes. O agente que havia me perguntado sobre a saúde mental de minha mãe acabou se revelando diretor da guarda municipal, apesar de sua falta de tato — ou certamente por causa dela. Ele olhou as fotos com vagar e confirmou suas suspeitas:

— Eu sabia, não são gêmeos.

Ele tinha muitíssimo cabelo na cabeça, mas de diferentes tipos, liso, crespo, ondulado, encaracolado, inclusive de diferentes graus de crespidão, parecendo que ali em cima, no meio de tamanha bagunça capilar, as ideias se enroscavam. Tentou se apresentar com um sobrenome — assim: policial *Sobrenome* —, mas era um desses sobrenomes que milhões de pessoas têm, péssimo para você se destacar. Precisávamos de qualquer coisa que nos livrasse do pânico daquele instante, e dentro das possibilidades disponíveis não encontramos nada melhor que uma piada infantil, uma brincadeira que nos ajudasse a acreditar que o que estava acontecendo não era tão grave, que ia acabar bem, que tínhamos o direito de rir no meio da desolação. Assim, o apelidamos de policial Cabeleira.

A fabulosa estratégia da polícia consistiu em colar em cada parede da cidade cartazes com fotos dos gêmeos. A legenda lançava brados maiúsculos: PERDIDOS. A seguir se informavam as minúcias em minúsculas, o nome dos meus irmãos PERDIDOS, Castor e Pólux, os nomes comuns e correntes de meus pais — havia faltado imaginação aos meus avós para fazer uma sacanagem com eles —, o telefone da polícia e o da nossa casa. Abaixo de tudo isso, estava escrito: ACREDITAM SER IRMÃOS GÊMEOS. Nós nem oferecíamos recompensa, tínhamos decidido aproveitar a fama para difundir aos quatro ventos nossa pobreza e o delírio grego do meu pai.

Os dias se passaram e não os encontramos. Primeiro procuramos com muito afinco, era a única coisa que fazíamos, meu pai não ia trabalhar e nós, assim que chegávamos da escola, a única coisa que fazíamos era nos angustiar. Por sua vez, Aristóteles se dedicava com muito afinco a outra tarefa fundamental, jogar a culpa em mim:

— A culpa é sua, seu idiota. — Era o que ele me dizia o tempo todo, e meus outros três irmãos sobreviventes adoravam imitá-lo.

Eu conseguia ignorá-los sem peso na consciência, pois eu era um especialista em matéria de culpas; para suportar esse tipo de situação, tinha tido a sorte de morar nessa cidade, nascer nessa família e ir a essa escola especializada em nos atribuir pecados. Meus conhecimentos de retórica articularam uma defesa inapelável:

— Ninguém se perde se não quiser se perder.

Essa resposta calou fundo nos meus irmãos, e também em mim, porque no fundo — bem lá no fundo — todos nós reconhecíamos que adoraríamos estar no lugar dos gêmeos de mentira, nos perder e abandonar de vez esta maldita casa e o puto do morro da Puta Que Pariu.

Nossa tristeza atingiu o clímax uma noite em que entrevistaram o policial Cabeleira no jornal das nove. Pelo que vimos na telinha, o pessoal da maquiagem da televisão tinha se empenhado em tentar dar alguma forma ao cabelo dele. O resultado era perturbador.

— O que aconteceu com o cabelo do policial Cabeleira? — perguntou Electra, sacramentando o apelido que lhe havíamos dado.

Depois de cumprir as tarefas de descrição fisionômica e onomástica que o caso exigia — o que provocou uma breve digressão sobre a mitologia greco-romana —, apresentador e entrevistado concordaram em adiantar a programação noturna e realizar um velho sonho: protagonizar a novela das dez. Considerando a altíssima qualidade de suas expressões hiperbólicas, eles haviam nascido para o melodrama ou — se seus talentos não eram inatos — o país os havia preparado com todo o zelo.

— Conte para nós, como estão os pais? — perguntou o apresentador enquanto arrumava os papéis que tinha na mesa e os abandonava de maneira displicente, deixando claras suas intenções: agora vamos deixar de idiotices e falar do que realmente interessa.

Vamos comemorar nosso aniversário!!
Almoço na chácara e muita diversão!

Sigam o mapa:

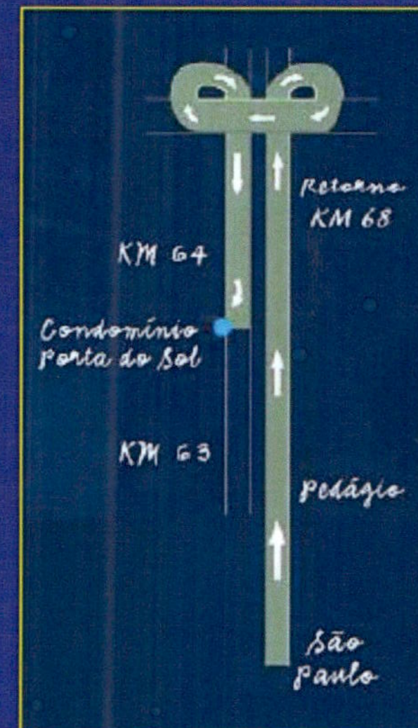

Dia 19 de Outubro, sábado, a partir das 10 hs.

— Vocês podem imaginar, estão arrasados. Ar-ra-sa-dos. — As sílabas vinham acompanhadas de movimentos repetitivos de negação com o corpo estranho que ele trazia em cima da cabeça.

— Não é para menos. Deve ser difícil se recuperar de uma coisa dessa. — O apresentador lançou ao policial Cabeleira um enorme olhar de compaixão, como se estivesse diante dos pais dos gêmeos de mentira; se bem que talvez fosse mesmo um *momento verdade*, e o que acontecia era que o cabelo do policial lhe parecia digno de comiseração.

— Ninguém se recupera, ninguém se recupera — respondeu o policial Cabeleira com expressão fatalista, deixando de lado a tristeza, porque não valia a pena. Para quê?, se tudo estava perdido, como seu cabelo.

— É verdade, ninguém se recupera — concluiu o apresentador, retomando os papéis com suas anotações para voltar a notícias que também não tinham solução, como a economia nacional.

Olhei para meus pais, e foi como daquela vez em que vi pela janela da cozinha as colunas de fumaça que também apareciam na tevê. Só que agora, em vez de fumaça, o que eu via no rosto deles era a sombra — a ameaça — da infelicidade eterna.

Com o passar das semanas, fomos nos acostumando com o fracasso, o desespero foi diminuindo, flertando timidamente com a resignação, até que um dia os dois foram juntos para a cama e na manhã seguinte só a segunda acordou, essa filha da puta, essa que os padres já haviam trabalhado em nós desde o início dos tempos.

Outro grande alívio foi finalmente poder atribuir um

motivo aos choros recorrentes de mamãe. Era algo que ela já costumava fazer antes, especialmente quando lavava louça, e ficávamos perturbados porque quando perguntávamos ela sempre respondia que não era nada, como nada?, então por que estava chorando? Paramos de perguntar, descansamos de nossa angústia, pois sabíamos que ela chorava por causa de seus filhinhos perdidos, por ter trocado os gêmeos de mentira pela senha de atendimento na seção de frios.

Algo parecido acontecia com a neurastenia do meu pai, felizmente agora ele podia canalizar seus insultos, transferir o desastre nacional para a desgraça familiar, estigmatizar todos os políticos — não importava sua hierarquia ou responsabilidade —, pois todos se regozijavam de sua ineptidão para encontrar meus irmãos. O que ele tinha perdido em profissionalismo, em objetividade, ganhou em intensidade poética. Quando o policial Cabeleira nos anunciou que iam encerrar o caso, meu pai se encomendou à perfeição de um epitáfio sobre a fatalidade do destino:

— A vida me reservou esse idiota de marca maior.

Como se todas essas comodidades fossem pouco, não vou me envergonhar de admitir, meus irmãos e eu havíamos despertado para uma nova realidade muito conveniente: havia mais *quesadillas* para cada um na divisão noturna. Sobreveio uma época de prosperidade doentia, na qual o que era verdadeiramente relevante foi eu ter começado a enxergar algumas coisas pela primeira vez na vida. Até esse momento, o excesso de estímulos havia me educado nas generalizações, na necessidade de agir com oportunismo, rapidíssimo, antes que alguém passasse na minha frente. Eu não havia tido tempo de reparar nos detalhes, de analisar características ou personalidades, sempre havia alguma coisa acontecendo, brigas, gritos, reclamações, acusações, brincadeiras com regras incompreensíveis — para garantir que Aristóteles ganhasse —, um copo de leite era derramado, alguém quebrava um prato, outro trazia para casa uma cobra que havia capturado no morro: o caos impunha sua lei e deixava tangível que o universo se achava em expansão, desintegrando-se lentamente e ofuscando os contornos da realidade.

Agora as coisas estavam mudando, tínhamos abandonado a condição de horda indiferenciada, havíamos passado da categoria de chusma multitudinária à de chusma modesta. Eu só tinha quatro irmãos e podia observá-los com atenção, perceber que dois eram muito parecidos com a minha mãe, que Aristóteles tinha umas orelhas descomunais que explicavam seus apelidos, que Arquíloco e Calímaco eram da mesma estatura apesar da diferença de idade, aprendi inclusive a distingui-los através das manchas nos dentes, traçadas com persistência pela água fluorada da cidade. Além do mais, nos surgiu uma irmã caçula que estreava aos sete anos com uma regressão líquida: fazer xixi na cama todas as noites.

Aproveitei que as coisas queriam voltar à normalidade para retomar minhas investigações sociológicas.

— Mamãe, é possível deixar de ser pobre?

— Não somos pobres, Oreo, somos da classe média — replicava minha mãe, como se os níveis socioeconômicos fossem um estado mental.

Mas essa coisa de classe média parecia as *quesadillas*

normais, algo que só podia existir em um país normal, em um país onde não estivessem permanentemente tratando de foder a sua vida. Todas as coisas normais eram difíceis pra caralho de conseguir. No colégio, tinham se especializado em organizar genocídios de extravagantes para nos transformar em pessoas normais, era o que nos exigiam os professores e os padres, por que diabos não podíamos nos comportar como gente normal? O problema é que se os tivéssemos levado a sério, se tivéssemos seguido ao pé da letra as interpretações de seus ensinamentos, teríamos feito o contrário, só merdas bem loucas mesmo. Fazíamos o que podíamos, o que nossos corpos fogosos exigiam, e sempre pedíamos perdão de mentirinha, porque éramos obrigados a nos confessar toda primeira sexta-feira do mês.

Para evitar dizer a quantidade de punhetas que eu estava batendo por dia, eu tentava distrair o padre que me confessava.

— Padre, peço perdão por ser pobre.

— Ser pobre não é pecado, filho.

— Ah, não?

— Não.

— Mas é que eu não quero ser pobre, então com certeza vou acabar roubando ou matando alguém para sair da pobreza.

— É preciso ser digno na pobreza, filho, é preciso aprender a viver na pobreza dignamente. Jesus Cristo nosso Senhor era pobre.

— Ah, e vocês são pobres?

— Os tempos mudaram.

— Não são pobres?

— Nós não nos preocupamos com questões materiais, cuidamos do espírito, o dinheiro não nos interessa.

Meu pai dizia a mesma coisa quando, para corroborar as mentiras de minha mãe, eu perguntava a ele se éramos pobres ou da classe média. Ele me dizia que o dinheiro não importava, que o importante era a dignidade. Confirmado: éramos pobres. Nosso progresso econômico com a desaparição dos gêmeos de mentira fez surgir em mim a fantasia de abandonar a pobreza enxugando mais a família. Quanto melhoraríamos se outro irmão meu se perdesse? O que aconteceria se dois ou três deles desaparecessem?

Seríamos ricos?

Pelo menos de classe média?

Tudo dependia da elasticidade da economia familiar.

A Polônia não é lugar nenhum

— Isso não está me cheirando nada bem — papai começou a nos dizer desde que apareceram as escavadoras, seguidas depois por um exército de pedreiros. Durante todo o dia os caminhões iam e vinham trazendo material ou levando escombros.

Papai realizava cálculos mentais sobre os recursos necessários para organizar semelhante espetáculo.

— Isso não está me cheirando nada bem — repetia, porque sentia o cheiro da gasolina usada pelas máquinas, do cimento preparado pelas betoneiras, sentia o cheiro da tinta e da solda: sentia o cheiro de dinheiro, de montanhas de dinheiro.

Ao todo, os vizinhos demoraram seis meses para edificar sua espetacular humilhação à nossa humilde casa. Durante esse período, toda noite, antes de dormir, visitávamos a construção para fazer uma avaliação crítica dos avanços arquitetônicos. Era uma inveja do caralho. A mansão não se envergonhava da existência da encosta — diferentemente da nossa, que pretendia se erguer *planamente* sobre um terraço artificial —, muito pelo contrário: o arquiteto havia aproveitado o morro para distribuir cômodos em vários níveis. Não dava para dizer que a casa tinha dois ou três andares, parecia mais estar construída em diferentes alturas.

Minha mãe insistia que o tamanho da cozinha era um disparate, mas falava do seu ponto de vista de classemediana farsante. Claro, por que diabos iríamos querer uma cozinha gigantesca? Para disputar torneios de arremesso de *quesadillas*? Contando os quartos e os banheiros, papai havia deduzido que os vizinhos seriam uma grande família, uma de verdade, com nove ou dez filhos. Essa conclusão nada mais era que um silogismo aspiracional, porque sugeria que era possível ser rico numa grande família, o que implicaria quantidades exosféricas de grana. Havia, também no âmbito espacial, outro buraco de absurdos, pois os ricos não queriam morar no morro da Puta Que Pariu; os ricos moravam no centro. O que fazia essa casa enorme e luxuosa ao lado da nossa caixa de sapatos?

Nossas especulações se alastraram como as chamas de um incêndio preguiçoso, dominando pouco a pouco cada canto da casa, aquecendo nossas conversas cotidianas, até que um dia, no meio das férias de verão, bateram na porta, e lá estavam os vizinhos com sua mangueira de bombeiros. Logo de cara havia problemas aritméticos muito graves, já que por mais atenção que prestássemos só conseguíamos contar três pessoas, que seriam, de acordo com nossos cálculos, o pai, a mãe e um filho. Ao abrir a porta e cumprimentá-los, papai espichou a cabeça para olhar o horizonte infinito, tentando vislumbrar o resto da família.

Minha reação imediata para formar uma ideia dos vizinhos e resgatá-los da penumbra de não conhecê-los foi imaginar que pareciam ursos de pelúcia. Os três eram robustos, levemente gordos mas não obesos, só gordinhos, gozavam desse excesso de peso que se costuma considerar uma marca de elegância nas famílias endinheiradas. Estavam perfumados, roupas superpassadas, sapatos reluzentes, e tinham olhos claros. Bem que poderiam ser os ursos da história infantil, dava vontade de entrar escondido na casa deles para roubar sua sopa e dormir um pouco na cama deles.

Nós os convidamos para sentar no sofá da sala, enquanto mamãe e papai traziam cadeiras da cozinha e o restante de nós esparramava o traseiro no chão. Os vizinhos praticaram o desaire de sentar na beirada, mal encostando no móvel. Tecnicamente, não estavam sentados, porque para sentar é preciso descansar o peso do corpo sobre a superfície em que o traseiro repousa. Talvez fosse o caso de dizer que eles estavam sentados sobre si mesmos, o que cansa muito e traz dolorosas consequências para as costas. Era óbvio que não pretendiam ficar muito tempo, que estavam com nojo do estado da tapeçaria do móvel ou que sofriam de hemorroidas — se fosse esse o caso, talvez pudéssemos desculpá-los.

Exibindo nossa condição de classemedianos mentais, oferecemos a eles *água de jamaica** e bolachas Maria. Meu pai e o vizinho levavam o encontro muito a sério, como

* Refresco feito com flores da jamaica (hibisco) desidratadas, fervidas em água como um chá. A mistura é depois coada e adoçada, e servida fresca nas refeições.

se fosse a entrevista para um emprego imperdível — um desses em que você recebe sem trabalhar — ou o pedido de casamento de uma namorada muito querida e muito gostosa na qual ainda não tinha sido possível pôr a mão.

Na hora das apresentações, o vizinho informou que antes eles viviam em Silao, que estavam aproveitando o verão para se mudar e anunciou que se chamavam Jaroslaw pai, Jaroslaw filho e Heniuta. Que eles chamavam o filho carinhosamente de Jarek, mas sobretudo para diferenciá-lo do pai, quando alguém precisava gritar o nome deles de longe. Meus pais aguentaram sua estupefação onomástica como puderam, meus irmãos e eu ficamos quietinhos, e para isso havíamos recebido treinamento militar, essa tinha sido nossa educação social: calar a maldita boca. Por fim, veio a explicação, um pouco antes de chegarmos à encantadora conclusão de que os vizinhos eram tão malucos como nós.

— Somos poloneses — desculpou-se Jaroslaw pai.

— Que lindo, como o papa — intercedeu mamãe, mas se arrependeu imediatamente, pois se lembrou das atrocidades que os comunistas andavam cometendo escondidos pela cortina de ferro.

A Polônia, mais que um país, era a desculpa perfeita. Onde ficava a Polônia? Alguém conhecia um polonês? Que escândalo os três ursinhos queriam enterrar ao inventar uma genealogia eslava? A Polônia permitia que se construísse qualquer fantasia sobre o passado da família porque a Polônia não era lugar nenhum.

Aproveitando a pausa geopolítica, Jarek interrompeu a cerimônia ao examinar de perto uma bolacha Maria.

— Não tem Oreo?

Heniuta apertou o braço dele até quase gangrenar, o grau da pressão aplicada só podia significar uma coisa, que ela não pronunciou, mas que todos nós escutamos em alto e bom som, apesar das gargalhadas silenciosas dos meus irmãos pela coincidência.

— Fica quieto, eles são pobres! — gritava ela com olhares sussurrantes.

Meu pai nos apresentou, pronunciando com orgulho nossos fabulosos nomes gregos: Aristóteles, Orestes, Arquíloco, Calímaco e Electra. Em vez de uma família, parecíamos o índice de uma enciclopédia. Para não manchar a solenidade do momento com dramas, ele decidiu trocar a existência agora inexistente dos gêmeos de mentira por uma pausa nostálgica depois de mencionar o nome de minha irmã agora caçula. Mas eles sabiam da nossa mutilação, claro que sabiam, por isso assentiram com olhares de sofrimento fingido e todos fizeram um minuto de silêncio. Em compensação, Jaroslaw parabenizou meu pai por ter escolhido o terreno no morro da Puta Que Pariu. Garantiu que conhecia muita gente, que tinha perguntado por ali, que o crescimento urbano avançava nessa direção e que em alguns anos seria uma das zonas mais prósperas de Lagos.

— É um ótimo investimento, o senhor é um visionário — concluiu Jaroslaw, que claramente não conhecia a maneira como nós, e as demais pessoas que moravam nas casas que pontilhavam aqui e ali o morro, tínhamos *comprado* os terrenos.

O susto impeliu papai a entrar atropeladamente na fase de intercâmbios curriculares.

— Sou professor de educação cívica no colegial da escola federal.

Em seguida, começou a falar da importância do civismo numa época de bagunça axiológica, em que ninguém respeitava as normas de convivência, a começar pelo governo e suas instituições, que só respeitavam as normas da fraude, da demagogia e do roubo. Sem perda de tempo e mudando de assunto, começou a descrever o sistema de governo das pólis da Grécia antiga, mas todo o seu discurso estava manchado por algumas gotas de *água de jamaica* que se imprimiram caprichosamente em sua camisa e o desmoralizavam de maneira irremediável. Era algo que sempre fazíamos em casa, nos sujar e derrubar coisas em cima de nós, em cima dos outros ou no chão, era o calvário da minha mãe.

Chegou a vez de Jaroslaw, que afirmou ser inseminador de vacas. A coisa ia derivar perigosamente para o erotismo bovino, as mães começaram a morrer de vergonha, não era hora nem lugar de se pôr a analisar a qualidade do sêmen dos touros importados!, por mais canadenses que os chifrudos fossem.

Vamos aproveitar a reaparição dos bovinos para definir, de uma vez por todas e em uma só frase, o caráter folclórico do lugar onde morávamos: em Lagos, as vacas eram inseminadas e os touros, *coleados*.* Felizmente, só uma vez na vida tive que ir a uma *charreada*,** foi numa excursão escolar, uma sessão de doutrinamento nacionalista. E se os

* *Colear el toro* consiste em agarrá-lo pelo rabo e derrubá-lo.

** Torneio similar ao rodeio, no qual os *charros* participam de várias modalidades.

bovinos e os equinos percebessem que, além de fodermos com eles, os usamos como símbolo de nossas tradições? Perguntem a um cavalo ou a uma vaca se eles sabem o que é um país. Um touro desprevenido saía correndo na arena e o *charro* o perseguia a cavalo. Enquanto o touro tentava assimilar a existência das grades e do público, o *charro* o pegava pelo rabo e tentava derrubá-lo. Se conseguisse: aplausos. Se não: murmúrios. Se o touro caía bonito: ovação. A queda do animal como categoria estética. Assim se passavam as horas no *coleadero*.* Também havia outros lances: um touro distraído saía na arena e um *charro* que o esperava de pé tentava laçá-lo. Se o laçava pelas patas traseiras, se chamava *pial*. Se o laçava pela cabeça, *mangana*. Se o *charro* não conseguisse laçar o animal, é porque era idiota. Imagino que a emoção residia no perigo, em que algo pudesse dar errado e a *charreada* acabasse em tragédia. Que o touro avançasse no *charro* e o destripasse. Que o cavalo ficasse histérico e quebrasse o pescoço do *charro*. Que o touro e o cavalo organizassem um complô para assassinar o *charro* de maneira sangrenta — quando soubessem que o México existia, por exemplo. Que o *charro* perdesse o controle do laço e enforcasse um espectador, uma criança, para que a coisa fosse mais escandalosa e pudesse ser contada por décadas, de geração para geração. E tudo pelo simples prazer de manter vivas as tradições.

* Modalidade de competição da *charreada* na qual os touros devem ser agarrados pelo rabo e derrubados. Também são chamadas de *coleaderos* as pequenas arenas onde se realizam essas competições, menores, por sua vez, que um *lienzo charro*, arena de tamanho maior.

Heniuta demonstrou que, como minha mãe, também sabia desviar a atenção do marido: perguntou nossa idade e o nome do colégio que meus pais haviam escolhido para acabar de nos traumatizar. Se existiu, ainda que em uma realidade paralela, a mínima possibilidade de que Heniuta e minha mãe fossem amigas, ela desapareceu quando a vizinha se escandalizou por não estudarmos em uma escola pública.

— De jeito nenhum! — disse indignadíssima minha mãe, que estava disposta a renunciar a tudo, menos à possibilidade, também mínima, também talvez em uma realidade paralela, de que seus filhos tivessem um futuro brilhante.

— Desculpe, eu disse isso porque seu marido é professor da escola federal.

— E por causa disso temos que nos conformar?

Jarek iria estudar em um colégio diferente do nosso, também de padres, mas de padres ricos, não como o nosso, onde o colarinho e os punhos das batinas dos padres eram puídos. De repente Heniuta olhou só para mim e fez um movimento com o queixo na minha direção, e esses dois simples gestos, mais a frase que serviu de epílogo, me separaram dos meus irmãos.

— Você tem a mesma idade que o Jarek — disse ela, com malícia. Será que ela sabia o quanto gostávamos de bater punheta?

— E ele sabe declamar! É o campeão da escola — minha mãe se apressou em me vender, como se Heniuta estivesse pensando em me adotar ou como se a oratória pudesse nos igualar do ponto de vista socioeconômico.

— É mesmo? Quero ver, recite alguma coisa.

E lá vou eu:

Pátria: tua superfície é o milho,
tuas minas, o palácio do Rei de Ouros,
e teu céu, as garças deslizantes
e o relâmpago verde dos louros et cetera.

E foi assim que um amigo me surgiu pela primeira vez na vida. Até então eu não havia precisado de um amigo, eu tinha seis irmãos, depois quatro, em termos de companhia e entretenimento eu era autossuficiente. Isso sem contar as malditas complicações logísticas de morar no morro da Puta Que Pariu; se eu queria convidar algum colega da escola para vir em casa, tinha que armar um plano de ida e volta, além de ter que pensar no que fazer caso fosse necessário evacuá-lo. De qualquer maneira, eu não queria convidar ninguém para vir em casa, de fato era melhor assim, porque na escola eu me dedicava a passar despercebido, a não permitir que ninguém descobrisse minha presença, que era a metodologia que eu havia escolhido para me manter a salvo dos briguentos, que inexplicavelmente não gostavam de poesia, por mais anônima que ela fosse.

As mães só aceitaram parar de fingir quando comprovaram que os pais tinham mudado de assunto e agora se afundavam nos lamacentos terrenos da tecnologia de sobrevivência caseira no morro da Puta Que Pariu. Jaroslaw estava explicando a meu pai seus horários e que seria impossível receber o caminhão-pipa que encheria de água a estratosférica cisterna deles três vezes por semana. Meu pai replicava dizendo que nós só precisávamos de dois caminhões-pipa por mês e o outro oferecia que, se ajudássemos a abrir a porta e vigiar enquanto eles enchiam, em troca nos dava a água que sobrasse no caminhão.

— Não podemos, e não precisamos de mais água — sentenciou meu pai, roubando-nos a ocasião tantas vezes sonhada de que algumas frases detestáveis desaparecessem de nossa vida para sempre: não desperdice água, feche a torneira, não lave que não está sujo, você acabou de beber água e um comprido *et cetera*, tão comprido e tão largo como o rio Amazonas.

Por falar em rios e em falta d'água, na cidade há um rio ridículo, que na maior parte do ano é minúsculo, embora seja fedido que só vendo. Lá eles jogam os dejetos das fazendas, das granjas de frangos, da fábrica da Nestlé, ele é o germe de uma pavorosa e insalubre multidão de mosquitos. Na temporada das chuvas, se transforma em um caudal majestoso que mantém toda a população em suspense, sob a ameaça de inundações. O rio está sempre no centro de todos os debates políticos, seja pela calamidade em um bairro, seja pela mais nova epidemia de dengue.

Minha mãe vestiu a máscara que ela adorava desfilar em suas habituais derrotas estrepitosas e nós nos conformamos com a expectativa de continuar meio porcos, mas pelo visto nossa dignidade brilhava. Depois de pedir mais duas vezes que papai fosse razoável — quer dizer, para sua conveniência —, Jaroslaw aproveitou o desaire para transformá-lo em ofensa e colocar as patinhas para fora de casa. Despediu-se com um grau de formalidade inversamente proporcional ao dos cumprimentos iniciais, arrastando atrás de si sua família. Meu pai nem esperou que a porta fechasse para ditar a sentença:

— Três caminhões-pipa por semana, uma casa com tantos quartos para três pessoas... São gente com tendência ao desperdício. — Ele tinha razão, estava claríssimo, nós éramos o contrário, gente com tendência à escassez.

Apesar do desencontro, no dia seguinte Jarek bateu à nossa porta à tarde para me convidar para ir a sua casa. Ficou paradinho a um metro de distância da entrada, esperando que eu saísse e deixando claríssimo que nunca voltaria a entrar em nossa casa. Minha mãe insistia que ele entrasse, que tomasse uma *água de jamaica*, mas, para ele, ter estado na caixa de sapatos uma vez já havia sido trauma suficiente.

Jarek me mostrou sua casa e tive que me esforçar pra cacete para me surpreender, porque, em vez de surpresa, meu estômago se revirava de desilusão, da decepção de constatar que havíamos nos enganado em nossas especulações, que onde meu pai sugeriu que estariam os quartos dos dez filhos na verdade havia um quarto de costura ou de brinquedos, escritórios ou uma sala de tevê. O cúmulo foi que um dos quartos resultou ser o da empregada. O pior não era ser pobre: o pior era não ter ideia das coisas que se pode fazer com o dinheiro.

Entramos no quarto de brinquedos para que Jarek me adestrasse em matar marcianos no Atari. As instruções precisas de Jarek demonstravam a lógica esmagadora com que os fabricantes haviam dotado seus aparelhos, o mundo estava dominado por um rebanho de aristotélicos chatíssimos: se você mexia o manche para a direita, a nave se mexia para a direita, se o mexia para a esquerda, então para a esquerda, para cima e para baixo, e se apertava o botão uma vez, disparava uma vez, se apertava duas, então duas, e três, três. Eu não entendia onde estava a diversão, além de comprovar que o aparelho sempre te obedecia. Será que o divertido era inventar um dispositivo cujas fantasias serviam para constatar as regras da realidade?

— Você não tem vergonha dessa história de declamar? — me perguntou Jarek, sem deixar de mexer no manche e apertar o botãozinho.

— Por quê?

— Não sei, não é ridículo?

— É uma competição, como o futebol.

— Mas não passa na tevê.

Os campeonatos de Atari também não passavam, e daí? A sessão de extermínio galáctico foi interrompida por Heniuta, que nos trouxe um lanche diferenciado: bolo de chocolate e Coca-Cola para Jarek, um prato com bife, arroz e salada para mim, com uma limonada. Para dizer a verdade, o prato se parecia bastante com o que eu havia comido em casa três horas antes, só que com uma coxa de frango no lugar do bife e feijões em vez de salada. O que eu queria era bolo de chocolate, mas, antes que eu pudesse reclamar, Heniuta me lançou suas ameaças nutricionais:

— Você tem que comer bem, que está muito magro.

Eu não estava com fome, mas ainda respondia à filosofia do aproveitamento oportunista, que ordena atacar sem contemplação quando se apresenta a ocasião, pois o futuro é como uma mulher com mudanças de humor muito bruscas, que às vezes te diz que sim, às vezes que não e muitas vezes nem sabe. Apesar de termos sido rebaixados à categoria de grande família de mentira, há lições que não se podem nem se devem esquecer. Comi com minha velocidade habitual de casa, e meu exercício de destreza foi tão impactante que Jarek me premiou com uma cara de nojo e me cedeu seu bolo de chocolate, porque ele tinha perdido a fome por causa da pena que sentiu de mim. É comovente que os ricos sintam uma culpa classista em idades ainda tão tenras, coitadinhos. No entanto, a compaixão anda de mãos dadas com a impertinência.

— Você não almoçou?

— Almocei.

— O que você almoçou?

— Arroz, feijão e frango.

— Frango?

— É.

— E por que você estava com tanta fome?

— Eu não estava com fome.

— Então por que você comeu o prato como se estivesse morto de fome?

— Eu sempre como assim, é o hábito. — Filhos únicos comem à velocidade de caracóis de jardim, sem deixar um rastro gosmento, é bom esclarecer; não gosto quando o ressentimento de clã aflora em mim.

— O que eu não entendo é por que você comeu se não estava com fome.

— Para não desperdiçar.

A suspeita fez com que Jarek lançasse um raio pontilhado, como os que as naves marcianas disparavam, entre seus olhos e os meus, minhas respostas não encaixavam em seu sistema de preconceitos, ele começava a suspeitar que eu era um impostor, um pobre de mentira, um classemediano que fingia ser pobre para roubar dos ricos. E se no final das contas, tal como minha mãe dizia, fôssemos da classe média?

— E por que você não disse pra minha mãe que não estava com fome, porra?

— Sua mãe não deixou, além do mais ela disse que eu estava magro.

— Mas você não está magro de fome, está magro porque você é assim, oras.

Era minha vez, mas mantive os molares superiores e inferiores juntinhos, o que eu podia dizer? Pedir desculpas pela minha genética?

— Então da próxima vez você diz pra ela que já comeu.

— O bolo está gostoso.

— Meu pai trouxe de León. — Distinguir pobres de gente da classe média podia ser um enigma esotérico; a riqueza, sim, era fácil de diferenciar: comer bolo importado da baixada.

— O seu pai vai a León para comprar o bolo?

— Não, seu idiota, ele compra quando a rota que ele tem que fazer passa por León.

— Rota de quê?

— Das fazendas.

— Você conhece León?

— Claro! Sempre vamos pra lá para ir ao cinema e ao shopping. — Mais características diferenciais da riqueza: acesso à cultura.

De León só vale a pena contar três coisas: que eles fabricam sapatos, que a gente de lá é metida sem motivo e que eles têm um time de futebol que só sabe ser campeão ou ir para a segunda divisão.

— Você não conhece León?

— Não.

— Não? Mas se fica aqui do lado, a meia hora daqui!

— Meu pai não gosta de viajar.

— E Aguascalientes?

— Não.

— Irapuato?

— Não.

— Guadalajara?

— Não. — Eu ia perdendo pontos estrepitosamente na pesquisa de nível socioeconômico, era melhor fazer algo rápido antes de acabar marginalizado.

— Guanajuato?

— Uma vez fui a La Chona.

— Que é isso?

— Você não conhece La Chona?

A viagem familiar a La Chona acon[illegible]u-bo de conveniência de meu pai, que n[illegible]o-bia de abandonar o perímetro munici[illegible]ngos à tarde, costumávamos descer o morro, ir à [illegible] de meus avós, onde encontrávamos meus tios e primos. Conhecendo muito bem a incompatibilidade de nossos traumas e paranoias — que alcançava sua expressão mais perigosa com a divisão militante entre ofidiofóbicos e ofidiofílicos —, meus pais e meus tios sabiam que deviam manter contato só de maneira esporádica, para evitar que a fricção de nossas relações produzisse lacerações. Uma hora semanal parecia ser o limite já calculado por eles, aos domingos, das quatro às cinco da tarde, considerando inclusive os benefícios desse horário do ponto de vista biológico, pois era por excelência a fase da preguiça e da mansidão, as horas posteriores ao almoço dominical, as horas da diminuição generalizada das funções metabólicas.

Naquele domingo, depois de hibernarmos comunalmente na casa de meus avós, encontramos o caminho de volta para casa bloqueado por uma caminhonete de leite que havia ficado sem gasolina. Tivemos que dar meia-volta e saímos na estrada que vai para Aguascalientes, a partir da qual poderíamos retomar nosso caminho mais adiante. No entanto, meu pai continuou na estrada, dirigindo muito devagar e com muito cuidado, porque os sete irmãos viajavam na caçamba da caminhonete, inclusive os gêmeos de mentira, que ainda se dignavam a nos honrar com sua presença. Quinze minutos depois, entramos em La Chona e papai estacionou a caminhonete na praça principal, ao lado da igreja, que era menor que a nossa.

— Estão vendo só? É igual a Lagos — meu pai nos disse, revelando suas intenções, sua vontade de desmistificar o mundo, que naquele momento era porcamente representado por La Chona.

Mas era mentira, porque, em vez da praga de pardais, em La Chona havia uma cacetada de estorninhos. Nossa permanência de meia hora em La Chona, onde tomamos um sorvete que dividiu opiniões, desde então foi usada por meu pai para dizer não sempre que pedíamos que nos levasse a León ou a San Juan.

— Para que vocês querem ir? — ele repetia. — É tudo igual, vocês já conhecem La Chona, todas as cidades são iguais, umas maiores, outras menores, mais feias ou mais bonitas, mas iguais. — Esse sofisma estava tão mal construído que só funcionava para desmascará-lo.

Por tudo isso, eu sabia que ninguém havia roubado os gêmeos de mentira, que eles simplesmente haviam decidido sumir, escapar dos limites de nossa claustrofóbica existência. Jarek nunca tinha pensado em fugir de casa, por mais que na tevê dissessem que os ricos também choravam, para mim eles estavam muito à vontade, muito felizes, muito satisfeitos com a exclusividade de sua alegria.

— Onde fica La Chona?

— É uma cidade no caminho de Aguascalientes, é imponente.

— Imponente? Eu já fui mil vezes a Aguascalientes e nunca vi La Chona.

— É que o nome da cidade é Encarnación de Díaz, e La Chona é o apelido para os íntimos.

— Fala sério, é claro que eu conheço, é feia pra caralho! Uma vez paramos lá para tomar um suco e tivemos diarreia.

— Você conhece a Polônia?

— Não.

Eu sabia: polonês fajuto. Com certeza seu pai é um assassino em série. Ou um maldito corrupto.

— Você já foi pra Disney? — contra-atacou Jarek.

Claro: e o voo saiu do aeroporto internacional de La Chona. Pelo que eu sabia, a Disney era um castelo de fantasia onde o importante era se comportar bem, não importa o que acontecesse ou o que você pudesse ver. Às vezes algum Mickey Mouse, quando ninguém estava olhando, levava você para o escurinho e agarrava o seu pinto ou enfiava o dedo no seu cu. Mas você tinha que ficar quietinho, sem reclamar e sem fazer o mesmo, nada de querer agarrar os peitos da Margarida ou da Minnie, não, porque havia uns guardas hiperfuriosos que surravam você com o cassetete. Estão vendo? Melhor não falar da Disney na frente dos pobres.

Eu já sabia o que ia acontecer agora, já tinha ouvido dezenas de vezes essas conversas, principalmente depois das férias de verão ou da Semana Santa, quando meus colegas mais prósperos se dedicavam a descrever o paraíso, aquela terra prometida que nós, mexicanos, tínhamos do outro lado da merda de fronteira.

Nos Estados Unidos não havia lixo, tudo reluzia, igualzinho na televisão. As pessoas não eram porcas, não jogavam lixo na rua, todos o depositavam no lugar certo, em lixeiras de cores diferentes, que serviam para classificar os dejetos. A lixeira das cascas de banana. A lixeira das latas de refrigerante vermelhas. A lixeira dos ossos de frango do Kentucky Fried Chicken. A lixeira do papel higiênico sujo de merda. Umas lixeiras gigantes das coisas velhas e fora de moda que haviam se transformado em uma vergonha para seus ex-proprietários. Era tão impressionante que inclusive você, que só estava de férias, também não jogava lixo na rua.

Além do mais, era impossível você ficar doente por comer num restaurante, não era como aqui, onde você ia comer tacos e te davam tacos de cachorro, e o taqueiro coçava o sovaco com a mesma mão com que pegava as *tor-*

tillas. Havia uns restaurantes onde você pagava por um refrigerante e podia se servir quantas vezes quisesse, era incrível, você tomava oitenta coca-colas pelo preço de uma. E eles te davam uns sachezinhos de ketchup, de maionese, de molho *barbecue*, uns sachês que você podia trazer de lembrança para dar de presente aos seus amigos ou a esse vizinho pobre que você tinha tanta vontade de humilhar porque ele nem conhecia León, esse desgraçado.

Mas era preciso falar inglês, isso sim, apesar de haver uma cacetada de mexicanos, o importante era falar inglês, para que eles soubessem que você estava de férias e com vontade de gastar dinheiro, porque os gringos bem que sabiam diferenciar os invasores dos turistas, você via como a cara deles mudava quando o seu pai abria a carteira repleta de dólares, porque, isso sim, lá eles não eram racistas, lá não importava se você fosse escurinho, lá só importava a grana, se você era trabalhador e tinha ganhado muito dinheiro te respeitavam, por isso era um país pra valer, não como aqui, onde todo mundo queria foder com a sua vida o tempo todo.

Para minha desilusão, acabei descobrindo que os ricos também gostavam de rotina. Eu sabia que nós, pobres, estávamos condenados a repetir todos os dias um programa de ações que garantia a maior eficácia econômica, mas eu achava que os dias dos ricos estavam destinados a surpresas, a experimentar continuamente a euforia das descobertas, o frio na barriga das primeiras vezes, o otimismo dos inícios. Não havia pensado na força de atração que a necessidade de se sentir seguro impõe — uma segunda lei da gravidade: o poder da inércia chamando seus filhos para o cálido seio do tédio. Para resumir: Jarek gostava de fazer as mesmas coisas todos os dias, nossas tardes em comum eram idênticas. Jogávamos Atari, lanchávamos, ele falava dos Estados Unidos, de Puerto Vallarta ou de seus amigos de Silao. De todas as decepções que essa amizade representou, a mais deprimente foi Jarek estar uns dois anos atrasado em relação às minhas alterações hormonais. Seu mundo continuava a ser brinquedos e desenhos animados, suas insossas travessuras de criança anacrônica.

Minhas visitas à casa de Jarek foram um poço sem fundo de preocupações para minha mãe, que temia que eu executasse estragos como em casa, o que nos endividaria com os vizinhos em proporção similar à da dívida externa do país. Cada vez que eu saía rumo à casa de Jarek, ela me ameaçava:

— Não vá quebrar nenhum vaso, por favor.

Ela não sabia que nossa descoordenação motora e nossa distração, origem de tantos acidentes domésticos, não eram características de personalidade, mas consequências da caótica interação familiar. Nossa propensão ao desastre era existencialista. Eu nunca tinha quebrado um vaso porque não tínhamos vasos em casa, mas minha mãe havia visto essas cenas muitas vezes na tevê, em programas e filmes que usam os tropeções como estratégia sensacionalista para provocar o riso. Vai saber por que os desastrados parecem se interessar exclusivamente pelos vasos, com tantos outros recipientes e enfeites de materiais frágeis que gostam de se reduzir a estilhaços.

Na verdade, *Não vá quebrar nenhum vaso* era a metáfora que minha mãe havia escolhido para camuflar seus temores mais profundos. Por trás dessa frase inócua, se ocultava a crueldade da literalidade, as frases que minha mãe não se atrevia a me dizer. Não vá roubar. Não vá nos envergonhar. Não vá nos humilhar.

Quando eu entrava em casa de volta da mansão dos poloneses, minha mãe me obrigava a mostrar os bolsos da calça, o interior da cueca e me fazia tirar o sapato.

— Como foi? — ela me perguntava, ainda em dúvida sobre minha inocência.

— Bem. Você sabia que Jarek tem uma gaveta para as meias? — eu respondia enquanto tirava as meias para que ela comprovasse que ali também não havia nada.

— O quê?

— É, uma gaveta só para guardar as meias.

— Você quebrou alguma coisa?

— Não, mãe, não quebrei nada.

Depois de ter a entrada autorizada, meus irmãos me esperavam na segunda alfândega.

— O que você trouxe para nós? — me interrogava Aristóteles, que achava que eu tinha que pagar um tributo a eles por ter direito a me entediar de maneira diferente.

— Nada.

— Larga mão de ser idiota.

E repetiam a inspeção, mas dispensando a delicadeza de minha mãe, que nos vigiava sem intervir, pois era impossível neutralizar a fantasia cobiçosa de seus filhos. Como vingança, eu contava a eles algumas extravagâncias dos poloneses, que eles tinham um quarto para as tranqueiras ou que o quarto de empregada tinha seu próprio banheiro.

— Não gosto que você vá lá — minha mãe repetia o tempo todo.

— Não vou mais, não se preocupe.

Mas continuei indo, pelo menos enquanto durou o verão. Minha relação com Jarek não ultrapassaria esse limiar, como eu esperava. Eu já sabia, desde o primeiro dia, que, quando Jarek começasse a ir à escola, iria escolher seus próprios amigos, com quem poderia falar de suas experiências em comum confortavelmente, sem ter que dar explicações sobre qualquer coisa, como fazia comigo, pois ele precisava me explicar tudo, não só como jogar Atari ou como eram os Estados Unidos, mas também detalhes insignificantes, como por que se come maionese a colheradas transbordantes e não untada em camadas finas.

Ser metido pode ser gratificante, mas com o tempo cansa.

Homenzinhos cinza

— Os gêmeos foram sequestrados pelos extraterrestres.

— Hein?

— Não sabe falar espanhol, seu idiota?

Essa foi a surpresa do novo ano escolar. Aristóteles queria se emancipar e ia tentar da maneira mais absurda que ele pudesse imaginar.

— Por que você acha que a polícia não achou eles?

— Porque são uns idiotas — eu disse, usando a versão de meu pai.

— Porque não procuraram direito, por isso não encontraram nenhuma pista. Não acharam eles porque não procuraram no lugar certo.

— E o que eles iam fazer, procurar em outros planetas?

Eu achava impossível que os gêmeos tivessem sido abduzidos no supermercado, essa era a minha principal objeção, não tanto a existência de extraterrestres, os quais estava disposto a integrar em meu sistema de ficções, mas não a verossimilhança de uma metodologia que levava em consideração o sequestro de humanos à luz do dia em espaços abarrotados. De qualquer forma, não seria mais lógico que eles fossem raptados à noite, quando estivessem em casa, no morro da Puta Que Pariu? De acordo com Aristóteles, os extraterrestres não tinham por que corresponder à lógica humana, os extraterrestres não vinham da Grécia.

— Mas não tinha nenhuma nave no ISSSTE — eu replicava, desanimado, para fingir que resistia às investidas do meu irmão para me convencer.

— Larga mão de ser idiota, o mais provável é que eles controlaram os dois com telepatia, mandaram que saíssem da loja e levaram eles para o lugar onde a nave espacial estava esperando.

— Que lugar?

— A Mesa Redonda.

Ou seja: desceram um morro para depois subir outro, coitados. A gente chama de Mesa porque o morro está cortado reto depois de uma subida pequena e suave. A uniformidade da colina produz uma circunferência quase perfeita no topo; na verdade, sem a necessidade de imaginar conspirações, ela tem um aspecto artificial muito suspeito. De fato, anos depois organizaram uma excursão para analisar o morro com detectores de metais e outros artefatos, e metade de Lagos compareceu como voluntária. E a outra metade, depois, teve que acreditar, apesar da falta de evidências, que *coisas estranhas* tinham sido descobertas.

A teoria de Aristóteles supunha que os gêmeos de mentira haviam caminhado do ISSSTE até o quilômetro 11 da estrada para San Juan, e dali andado os quatro mil metros de trilha que conduziam ao pé do morro, subindo então, ufa!, a colina. Tudo isso sem que ninguém os visse.

— Larga mão de ser idiota — era seu método de persuasão preferido: me chamar de idiota —, eles devem ter deixado os dois invisíveis ou teletransportaram eles.

Ah, aí era diferente. Eu me deixava convencer por um puro de um maldito interesse. Meu irmão planejava passar das ideias à ação e eu também tinha meus planos, muitos planos: estava disposto a qualquer coisa para fugir de casa. Essa era a grande diferença entre o temperamento de Aristóteles e o meu; ele precisava de um projeto transcendental, enquanto eu me conformava com qualquer desculpa de merda.

Apesar de sua extravagância, as teorias de Aristóteles careciam de originalidade, eram um plágio das revistas que seu único amigo do colegial lhe emprestava. Essa era a outra grande novidade na vida do meu irmão, agora ele tinha um amigo, apelidado de Epi, mas quase não contava, porque, mais que amigo, Aristóteles era o enfermeiro dele, havia sido contratado para ficar ao lado dele. O Epi tinha ataques epilépticos e deram a Aristóteles um aparelhinho com um botão que ele devia apertar caso houvesse uma crise.

As revistas do Epi eram especializadas em subvalorizar os habitantes do planeta Terra: todos os progressos e as grandes obras da humanidade eram explicados pela presença dos extraterrestres. As pirâmides do Egito e as dos maias, as rotas de navegação dos fenícios, as grandes invenções dos chineses, os sistemas filosóficos da Grécia antiga, todos eram presentes dos seres vindos das estrelas. Na seção de cartas, os leitores narravam casos de abdução, avistamento de naves ou experimentos de genética alienígena. Aristóteles encontrou ali a última peça que faltava em seu quebra-cabeça: o interesse genético que nossos irmãos teriam para os extraterrestres por serem gêmeos de mentira.

— O que eles estão fazendo é coletar espécimes de todos os tipos. Altos, baixinhos, branquelos, morenos, mulheres, homens, crianças, ruivos, albinos, gêmeos, trigêmeos.

— E para que eles os levam?

— Pra que você acha que é? Para cruzá-los! Para fazer experimentos.

O quebra-cabeça que Aristóteles armou tinha peças de diferentes procedências, montadas à força, com a tenacidade do desespero. A imagem resultante era caótica, amorfa, manchas sem continuidade que mais que sugerir significados encorajavam o absurdo. Exatamente o que precisávamos: o mapa que guiaria nossos passos.

Demoramos para executar o plano porque ele dependia da confluência de vários fatores externos, da combinação de nossa boa sorte: que meu pai não estivesse em casa, que a supervisão materna relaxasse, que meus irmãos menores estivessem distraídos e que os vizinhos não estivessem em casa. Parecia impossível, quase tão impossível como os extraterrestres terem raptado os gêmeos de mentira, mas um dia aconteceu, o dia em que a lei das probabilidades decidiu se colocar a nosso favor. Antes de iniciar viagem, saltamos a cerca do jardim dos poloneses, entramos na casa através da lavanderia e roubamos duas mochilas que lotamos de víveres da despensa. Bolachas Oreo! Vai tomar no cu, Jarek. Não ficamos na casa para dormir depois do almoço, mas pelo menos levamos uma mantas.

Fugimos olhando para trás, quase correndo de costas. Poderíamos ter ido embora sem olhar para trás, o impacto poético teria sido maior, mas não seria verdade: era preciso ver se não havia ninguém nos seguindo. Era uma visão de despedida muito deprimente: nossa horrível caixa de sapatos e a mansão dos poloneses. Vista de longe, nossa casa parecia a casinha do cachorro dos poloneses; não, nem isso. Ou talvez sim, se o cachorro já tivesse morrido e ainda não tivesse sido substituído. Além dos pensamentos próprios da fuga — que eram fragmentários e desconexos, para combinar com o quebra-cabeça — e da minha concentração para tentar controlar meu errático desempenho cardiovascular, eu não podia deixar de lembrar dos meus irmãos menores, os que ficavam em casa, eles agora seriam uma família pequena de três filhos, que sorte do caralho, iam se entupir de *quesadillas* e nem tinham feito nada para merecer isso. Será que acabariam sendo da classe média?

Em vez de descer direto para a avenida que conduzia à cidade — e que era a continuação da estrada para San Juan —, caminhamos cortando o campo, para evitar o contato humano, o que significou termos que abrir uma trilha entre milhares de acácias. A cidade era tão católica que estava cercada de espinhos. Quando finalmente retomamos o caminho para descer até a estrada, vimos rios de gente tomando a pista e escutamos o estrépito despenteado do cântico deles. Foi a primeira impressão que produziram e que comprovaríamos de imediato: que um alvoroço daqueles só poderia vir de uma multidão de descabelados.

Louvareeeeei, louvareeeeei, louvareeeeei, louvareeeeei, louvareeeeei o meu Senhor.

São as queeeeeeeeeeeixas e oraçõõões de seus filhos de San Juaaaaaan.

— Peregrinos... perfeito! — exclamou Aristóteles, fascinado com a ideia de se unir à desafinada procissão.

— Gostou deles?

— Larga mão de ser idiota, assim ninguém vai ver a gente, nos metemos entre os peregrinos e andamos até a entrada da Mesa; ali a gente sai.

Nos metemos no meio da multidão, se bem que para mim pareceu mais que a gente tinha se metido entre um aroma e outro, entre um fedor de cecê e outro de mijo, entre um arroto de ovo podre e outro de feijão azedo. Eu olhava de um lado para o outro e via os cotos de um velho sem braços que se arrastava ajoelhado. Eu olhava para baixo e descobria um cachorro sarnento tentando subir em mim para roubar as Oreos. Bebês enrolados em farrapos estavam pendurados nas costas das mães. Atravessando as imagens e os aromas, flutuava em outro plano, o da discórdia sobrenatural, a ladainha misturada de dúzias de cânticos diferentes. Era inexplicável por que as pessoas não cantavam a mesma música, por que cada um seguia sua própria inspiração. Seria um êxtase místico? Se fosse, era um de natureza muito desafinada.

Eu não tinha um espelhinho, portanto não podia ver a minha cara, mas deve ter sido uma cara expressionista pra caralho.

— Que foi, cara? Nunca tinha visto pobres?

— Pobres? Nós somos pobres.

— Larga mão de ser idiota — até hoje continuo adorando o choque de realidade que se supõe que prolonga esta repreensão —, nós somos da classe média.

Meu irmão não gostava de ser pobre, mas a pobreza dos peregrinos circundantes não modificava a nossa, no máximo nos classificava como os menos pobres daquele grupo de pobres, e a única coisa que isso provava era que sempre se podia ser mais e mais pobre: ser pobre era um poço sem fundo.

Ao sair de Lagos, a primeira impressão que se tinha era que os apologistas das viagens e do nomadismo não haviam passado por ali. A paisagem era a mesma do morro da Puta Que Pariu, acácias e mais acácias, bandos de rolinhas, polvadeiras. De vez em quilômetros, a monotonia tolerava a aparição de uma borracharia ou de uma oficina mecânica levantadas com tábuas e lâminas em equilíbrio precário. Seus letreiros e anúncios alcançavam a média de dois erros de ortografia em palavras de cinco vírgula cinco letras. Incitado pela lembrança da estrada de La Chona, que era idêntica, uma aflição voraz começou a me remoer: será que o mundo todo era igual?

Será que havia acácias na Polônia?

E na Disney?

Aristóteles não duvidava da provável homogeneidade do planeta Terra, para isso era o irmão mais velho, ou talvez duvidasse, sim, e escondia isso mantendo-se entretido, de conversa em conversa, porque sua estratégia para passar desapercebido era das mais incongruentes. Ele repetia a torto e a direito que íamos a San Juan pedir à Nossa Senhora que os gêmeos de mentira aparecessem, que em troca estávamos lhe oferecendo o sacrifício da peregrinação.

— Tá vendo? — ele cochichava em meu ouvido depois de piscar um olho, coisa que deveria expressar sua genialidade. — É perfeito, porque ainda não é verdade, mas também ainda não é mentira.

— Hein?

— Sim, cara, quando nos desviarmos do caminho, será mentira que vamos ver a imagem de Nossa Senhora, mas por enquanto poderia ser verdade, eu não estou mentindo, entendeu, seu idiota?

Naquele momento, um monte de gregos se revirava nas tumbas. Os peregrinos respondiam a ele que sim, que com certeza Nossa Senhora nos concederia o milagre, e afirmavam isso com uma determinação tão absoluta que quase era possível ver os gêmeos de mentira, acariciar o cabelo deles ou escutar como ficavam caladinhos como sempre faziam. Uma beata gritava que Nossa Senhora tinha lhe curado a dengue, outra contava que não havia salvado o marido dela, mas que o tinha levado para o céu apesar de ele não merecer por gostar de bebida e de arrumar briga. Nunca se sabe! Nunca se sabe quando você vai precisar de Nossa Senhora!, repetiam os que marchavam representando a desgraça contemporânea, esses que nesse mesmo instante tinham um parente com um pé na tumba. Havia um grupo especializado em chorar pelos que tinham passado para o outro lado, mas não para a morte, só para os Estados Unidos, cuide deles, Nossa Senhora!, consiga um emprego pra eles!, que eles voltem logo! — então lá não era toda essa merda de Disneylândia? Muitos eram peregrinos preventivos, que ainda não tinham precisado de um grande milagre, só de milagrinhos, favores, que bem poderiam ser solicitados a entidades de linhagem menor, não era caso de incomodar Nossa Senhora só para pedir um namorado, que para isso havia uma porrada de santos. Eram peregrinos que estavam acumulando méritos para quando a vida lhes fizesse uma de suas clássicas sacanagens. Também havia um exército de crianças desperdiçadas, porque não pediam nada, não sabiam, ainda não tinham sido treinadas para invocar as figuras ultraterrenas, só imitavam os cachorros vira-latas, que seguem as multidões com uma obediência fanática. Por outro lado, era impossível determinar se os cachorros rezavam; o que estava claro é que adoravam bagunça.

A confusão é em essência preguiçosa e oportunista, não se esforça para se manifestar em ambientes controlados, ela pede cenários propícios e nunca desperdiça uma turba. E não iria desperdiçá-la agora: ela começou a germinar com frenesi, como um arbusto de melancia se enrolando nas pernas dos peregrinos.

— Dois gêmeos sumiram!

— Não são iguais, mas são gêmeos!

— Ai, minha Nossa Senhora, encontre-os!

— Olha! Tem que encontrar os meninos!

— Ai, ai, ai, por que o Senhor os levou, meu Deus?

— Me leva que eu já sou velha, por que o Senhor sempre leva os inocentes?

Aristóteles tentava deter o expansivo clamor circundante com suas explicações, mas estava em franca desvantagem numérica e, principalmente, espiritual: ninguém dava bola para um desmancha-prazeres.

— Não, escutem, não, vocês me entenderam mal, eles não sumiram agora, já faz muito tempo que eles desapareceram.

Tarde demais, o protocolo do escândalo já havia sido ativado, as multidões não gostam de abandoná-lo assim tão rápido, logo às primeiras explicações, pois por mais coerentes e plausíveis que forem elas nunca terão a estatura exigida para desafiar as fantasias do melodrama. As turbas são como os extraterrestres: estão cagando e andando para a lógica.

Apareceu um sujeito muito estressado com um crachá que o designava a grandes traços de caneta negra como *Juan de Irapuato*. Começou a rodear Aristóteles exigindo o retrato falado dos gêmeos, rápido, antes que fosse tarde demais. Antes que meu irmão se esquecesse de como eles eram, era isso o que ele queria dizer? Estávamos em um desses momentos de falsa urgência, quando parece que é *tarde demais* para muitas coisas; mas pode o presente ser tarde em relação a alguma coisa? Tudo um maldito exercício autocomplacente de sofistas.

— Eles não estão perdidos — meu irmão tentava esclarecer. — Bom, sim, estão perdidos, mas não foi agora, estão perdidos já faz tempo.

Era fascinante a capacidade que tudo o que se referia aos gêmeos de mentira tinha para seguir, direto e reto, os caminhos de um mal-entendido do caralho. Paralelamente, essa capacidade exacerbava nossa incapacidade de conseguir que as pessoas nos entendessem. Precisávamos com urgência de uma aula de retórica aplicada. Como resposta aos balbucios pré-lógicos de Aristóteles, Juan de Irapuato começou a demonstrar que sabia dar um tapa na cara como Deus manda. Quatro vezes. Toma! Toma! Toma! E toma! A cútis do meu irmão não teve vergonha de mudar sua coloração imediatamente, diante de seu agressor, dando a ele o prazer de confirmar os efeitos pictóricos de sua façanha pugilística.

— Para de falar merda, anda! Como eles se chamam?

— Castor e Pólux.

— Fala sério! Por acaso você não quer encontrar seus irmãos?

— É que estou tentando explicar ao senhor que eles não desapareceram agora.

— Como não desapareceram agora? O que você quer dizer? O que você está escondendo, hein? Pelo visto você fez alguma coisa com eles. Anda, seu filho da puta, confessa!

Tinha uma coisa que nós sabíamos fazer muito bem quando nossas habilidades epistemológicas falhavam: correr como condenados! Saímos tropeçando, esbarrando, pisoteando e esmagando, até chegarmos a uma das margens da procissão, de onde pudemos correr em disparada sem obstáculos. Só paramos quando comprovamos que o boca a boca tinha aprontado uma e as conversas haviam se tergiversado o suficiente para que estivéssemos a salvo: ali na frente, por onde andávamos agora, contavam a história de dois gêmeos que descobriam não ser irmãos e que vinham pedir a Nossa Senhora que os ajudasse a encontrar seus verdadeiros pais.

— Mas se eles são gêmeos, como é que não são irmãos?

— Porque são gêmeos de mentira: são idênticos, mas não são irmãos.

Talvez fosse o mesmo que acontecia com os cânticos: lá na frente da procissão, os primeiros peregrinos, que além de já terem chegado a San Juan já deviam ter voltado a suas casas, tinham começado a cantar uma música, uma melodia que no seu caminho até o final da procissão havia se distorcido e bifurcado sem cessar, até provocar o atual caos sinfônico.

Eu quis ter o prazer de recriminar Aristóteles, poucas vezes na vida um irmão mais novo tem uma oportunidade tão bela de encher o saco do irmão mais velho.

— Que tal você calar a boca, seu idiota?

— Os idiotas são eles, seu idiota, são um monte de malditos ignorantes. — Era meu irmão com sua faceta favorita: Aristóteles contra o mundo.

Perto do desvio para a Mesa Redonda, encontramos um ferro-velho, pilhas de carros formando montanhas caprichadas. Os peregrinos aumentaram o volume de seus cânticos, porque tinham que competir com o barulho de um guindaste que lançava carros de um lado para o outro. O fervor havia aumentado com a visão da sucata, prova irrefutável de que todas as vaidades humanas são um lixo, de que o único destino da matéria é se decompor. O que os peregrinos ignoravam era que a relação com a matéria se baseia na substituição, e que sua característica perecível podia ir à merda: sempre há um carro novo para substituir a porcaria que você jogou fora.

Tanta exibição impudica de fervor nos deixava em dúvida sobre que método para encontrar os gêmeos de mentira seria menos absurdo: rezar para uma aparição na basílica de San Juan ou esperar os extraterrestres no alto da Mesa Redonda? Considerando o tamanho da procissão, ao menos em matéria de popularidade os extraterrestres estavam muito atrasados. No entanto, quem pensava e decidia era Aristóteles, que não renunciava a suas certezas interplanetárias, os onze quilômetros de caminhada não haviam causado bolhas em suas fantasias.

Saímos da estrada para nos meter pela trilha que conduzia à Mesa Redonda, era um caminho coberto por uma camada grossa de um pó finíssimo, com a consistência de talco, um pó que enervava os nossos passos e efetuava trajetórias perversas só para se enfiar nos nossos orifícios nasais e nos nossos olhos. Maldito pó de merda. A trilha também servia como fronteira entre os terrenos de uma série de pequenas fazendas. Estávamos rodeados de — adivinhem! — acácias, bilhões e bilhões de acácias. Era o caso de se suicidar. E teria feito isso se minha tristeza fosse de uma natureza mais romântica, se eu não tivesse essa merda de tristeza acinzentada que nem me matava nem deixava eu me resignar. Teria sido tão fácil cortar um galho de acácia, escolher um com espinhos grossos e compridos, teria sido tão reconfortante ter a coragem de perfurar minhas veias e sangrar sobre esse pó irritante. Infelizmente, além de ter estômago eu carecia de imaginação, teria que ter lido muitos livros para pensar em fazer isso, e só tinha lido textos escolares, nos quais nunca se exaltava o suicídio como forma de dar um jeito na existência. A educação religiosa tinha inclinações muito distorcidas a favor da preservação da vida.

Antes que desmaiássemos e os falcões que nos rondavam se esbaldassem, sentamos à sombra de... sim, do que mais?... de uma acácia. Pegamos em nossas mochilas laranjas, pão, latas de atum, suco. Nesse dia aprendi que a invenção do abridor de latas foi um movimento reacionário na história do progresso humano, uma resposta imprescindível à invenção das conservas enlatadas. Usamos pedras pontiagudas, como neandertais anacrônicos, e conseguimos encher de pó o interior das latas. Se essa era a vida que nos esperava, morder pó enquanto comíamos, seria melhor tratarmos de voltar ao seio das *quesadillas* raquíticas. Nossa fuga nos havia feito descer um degrau na luta de classes, já andávamos rondando o setor dos marginais que comiam punhados de terra.

— Há três tipos de extraterrestres.

— Hein?

— Estou te explicando para você se preparar, não sei qual deles é o que a gente vai ver.

Conversa perfeita para acompanhar a ingestão de atum com terra.

— Eles podem ser lagartos, artrópodes ou humanoides. Os lagartos e os artrópodes vêm de planetas onde a evolução seguiu um caminho diferente do da Terra. Imagina que em vez dos macacos ganharem a guerra das espécies, lá quem ganhou foram os crocodilos ou as aranhas. Os humanoides são como nós, só que baixinhos, têm a cabeça maior, os olhos mais esbugalhados, não têm cabelo e são cinza.

Além do visual, a diferença fundamental entre nós e *eles* residia no aparelho digestivo, na maneira como os extraterrestres se nutriam, usando todo tipo de recursos e não só comida para gerar energia. Será que eles comiam terra? Aristóteles me explicou como se, além de saber de cor as revistas do Epi, conhecesse o funcionamento do aparelho digestivo humano. Pelo visto, meu irmão era o líder do campeonato de tédio, ganhava de mim com uma porrada de pontos de vantagem.

— Preste atenção, isto é muito importante. Se houver problemas, se estivermos em perigo, você tem que apertar aqui. Não se assuste, mas lembre, se precisarmos de ajuda tem que apertar aqui.

Ele me mostrava o aparelhinho de ataque epiléptico do Epi, que de repente adquirira usos alternativos no caso de encontros com espécies hostis. Colocou-o nas minhas mãos para que eu o visse bem, era um quadradinho de plástico preto com um botão vermelho, nada além disso, mas Aristóteles queria que eu o estudasse para ter certeza de que saberia usá-lo caso necessário.

— E como ele vai nos salvar se só tem um alcance de vinte metros?

O colégio inteiro sabia disso, uma vez tinham feito testes para determinar a distância máxima que o Epi poderia se afastar a partir do escritório do diretor, que era onde estava o receptor.

— Larga mão de ser idiota, nós mexemos nele.

— E o que você acha que o diretor vai fazer? Vai adivinhar onde estamos e que os extraterrestres estão nos ferrando?

— O Epi está sabendo de tudo, ele vai mandar ajuda pra nós.

Eu olhava o aparelhinho fingindo que estava aprendendo seus complexos mecanismos, mas na verdade estava pensando nos meus pais; típico: finalmente eu havia conseguido ir embora de casa e agora tinha crises de consciência; os malditos padres haviam feito mesmo muito bem seu trabalho. Mas falando sério: coitados dos meus pais, que nem conseguiam manter a família unida. É que havia uma porrada de falhas em seu sistema de promessas.

— Coitados dos meus pais.

— Por quê? — *Por quê?* — Era preciso ser o irmão mais velho para se apropriar do monopólio da insensibilidade.

— Primeiro eles perdem os gêmeos e agora a gente vai embora.

— Mas nós vamos voltar, junto com os gêmeos.

— E o que eles vão dizer pra polícia agora? Vão achar que nossos pais têm culpa da gente se perder, ou vão até acusá-los de dar fim na gente.

— Larga mão de ser idiota, deixei um bilhete explicando pra eles.

— Dizendo o quê?

— O que será que eu ia dizer, seu idiota? Eu disse pra não procurarem a gente nem avisarem a polícia, que nós estávamos bem, que íamos encontrar os gêmeos e voltar quando encontrássemos eles.

O vento tinha parado de soprar, sobre nossa cabeça se ancorou uma nuvem que desmentia a inclemência do sol. Nas minhas nádegas eu sentia um colchão de pó em repouso, podia até ser agradável se você o mantinha domesticado. Me deitei lentamente, para evitar o alçamento das partículas, que escapavam pelos lados, fugindo da marca da silhueta do meu corpo. Fechei os olhos e, enquanto a tela das minhas pálpebras projetava uma cortina de cor alaranjada, escutei a voz de Aristóteles com sua insistente altanaria.

— Você acha que eu sou um idiota, né? Como você

acha que eu não ia avisar nossos pais, seu idiota? Você acha que ia deixar eles lá, preocupados? Você é mesmo muito idiota.

E de repente eu tive uma visão, não era nem Nossa Senhora nem os extraterrestres, era ainda mais inverossímil: apareci para mim mesmo. Me vi trancafiado numa caixa de papelão na qual haviam feito alguns furos para que eu não me asfixiasse. Eu estava mijado, envergonhado, de costas para uma multidão cuja única preocupação era me ignorar, apesar de eu achar que me espiavam. A caixa repousava sobre uma rocha imensa que flutuava em um universo sem razão e sem sentido, e eu me perguntava o que teria acontecido se nunca tivesse nascido. Com a mão direita, eu sacudia meu pinto e com a esquerda comia *quesadillas*, uma *quesadilla* atrás da outra, uma atrás da outra, só para me manter vivo. As *quesadillas* tinham gosto de mijo. O sabor nojento me expulsou da visão, me sentei como que empurrado por uma mola.

— Eu não vou voltar.

— Quê?

— Eu não vou voltar nem subir naquele maldito morro com você.

— Larga mão de ser idiota...

— Não, larga mão de ser idiota você. É você que acredita em extraterrestres, é você que quer subir no maldito morro para esperar uma merda de nave espacial. Quem é o idiota, hein, seu idiota? Quem é o idiota? Idiota! Idiota! I-di-o-ta!

Infelizmente o braço direito dele obedeceu a um impulso, sem tempo para que sua consciência subutilizada irrompesse: ele abriu um corte profundo na minha face com a lata de atum vazia. Um pedaço da bochecha esquerda, logo abaixo da órbita ocular, se rasgou e ficou pendurado. Senti o sangue morno escorrendo pelo rosto, junto com o óleo do atum, a mistura descendo em direção à traqueia. Eu segurava o pedaço de carne e o colocava de volta no buraco, mas ele se desprendia e voltava à sua nova localização precária.

— Desculpa, desculpa.

— Vai pra puta que pariu, seu idiota.

— Desculpa, espera, deixa eu fazer um curativo.

— Vai pra puta que pariu, seu idiota, vai pra puta que pariu.

Quesadillas da penúltima oportunidade

Apertei o botão vermelho e as acácias desapareceram. Os salgueiros, os ulmeiros, os eucaliptos e as bétulas se ergueram. Pisei na terra vermelha, pesada e rebelde, que opunha resistência ao vento, e o vento tinha que buscar outros cúmplices para suas brincadeirinhas empoeiradas. Vi cachorros vira-latas de cores insólitas, estradas e ruas forradas de cães esmagados. Esbarrei com gente rica, com gente empenhada em sua estupidez de pensar que a classe média existia, com gente pobre, gente mais pobre, mais pobre, infinitamente mais pobre. E graças a meus ardis eu comia *quesadillas* grátis em botecos engordurados, em barracas de rua com arquitetura impossível. Desenvolvi uma técnica sutil para detectar onde serviam as melhores *quesadillas*, as *quesadillas* inflacionárias, que na rua haviam se transformado nas *quesadillas* da penúltima oportunidade.

Era preciso evitar lugares onde o proprietário aparecia muito asseado e se comportava de maneira complacente, personificando o engano da prosperidade eram os provedores das supostas *quesadillas* normais: a fraude da normalidade estava muito expandida. E se propagaria monstruosamente anos depois durante o salinismo, todo mundo passou a comer *quesadillas* normais, até *quesadillas* otimistas, que foi o nome que começamos a usar quando a inflação diminuiu, mas sempre com dinheiro emprestado, você conseguia crédito até para comprar um quilo de *tortillas*, e foi nisso que deu.

Não se tratava de identificar os desalinhados, porque a única coisa que eles garantiam era que você tivesse uma diarreia. A chave estava em descobrir os que se empenhavam de vez em quando, aqueles que em determinada manhã acordavam com a convicção disparatada de que bem naquele dia sua vida iria mudar. Procurar aqueles que haviam se proposto a executar projetos ambiciosos ao sair de casa, os que haviam optado por se autoimpor a quimera de que conquistariam o mundo só porque tinham decidido assim. Iam asseados, mas eram delatados por uma mancha mal esfregada no último instante ou pela exagerada quantidade de graxa com que lambuzaram os sapatos. Ali já se manifestava, flagrante, a merda da diferença entre intenção e realidade. De quem quer e não pode. De quem quer intensamente e mesmo assim não pode. Não há negócio mais fácil que aquele tecido com os fios da impotência alheia.

Uma tática mais simples era detectar lugares novos, os que mudavam de dono, os que voltavam a abrir depois de uma doença ou de problemas financeiros. Aproveitar o otimismo dos inícios e das reincidências. Ali eram servidas as melhores *quesadillas*, as *quesadillas* da penúltima oportunidade, transbordantes como as promessas de um futuro esplendoroso, um futuro em que se imaginava, despreocupadamente, que se você fizesse as coisas direito, cedo ou tarde o conforto do sucesso chegaria. No entanto, isso só aconteceria em outra vida, ou pelo menos em outro país, por isso não se podia confiar na regularidade das *quesadillas*. Onde ontem se comiam as deliciosas *quesadillas* da penúltima oportunidade, hoje se comiam *quesadillas* desvalorização e amanhã *quesadillas* de pobre. A vida era assim, este maldito país especialista em desabrigar ilusões era assim. Mas a miséria generalizada poderia se transformar na fortuna de poucos, dos que soubessem interpretar os sinais, como eu, que conseguia não morrer de fome graças ao simples método de explorar a ingenuidade tecnológica das pessoas. Tudo por arte do botão vermelho: a magia do aparelhinho que como vingança eu havia levado comigo ao dar as costas a Aristóteles.

A coincidência é prima-irmã da confusão, essas duas safadas se beneficiam da mesma condição: do caos, do bendito caos. Da mesma forma que não existem confusões quando não acontece nada ou quando tudo está muito quietinho, também não existem coincidências. Basta encomendar-se com abandono ao fluxo dos fatos, entregar-se de maneira distraída ao jogo das causas e efeitos, para que as melancias comecem a amadurecer. Apesar de nos surpreendermos quando o arbusto se enrosca em nossos tornozelos, ainda assim desfrutamos do suco doce de seus frutos enquanto cuspimos as sementinhas: mas que confusão! Ai, que coincidência! Ou seja: não sei como foi acontecer, que coincidência descobrir os poderes do botão vermelho.

Imagino que nem sequer os percebi na primeira vez, coisa típica das coincidências, é preciso que elas se materializem uma e outra vez para que você as perceba, e depois mais vezes para que você as classifique como tais. Quantas coincidências terão se perdido pela falta de atenção de suas vítimas? A vida seria uma festa de coincidências!

Eu estava em um boteco de San Juan, mendigando entre os peregrinos, quando decifrei a correspondência entre a ativação do botãozinho e o funcionamento da tevê que estava ligada num canto — uma estratégia magistral para entorpecer os clientes e distraí-los da qualidade das *quesadillas*, vigente até os dias de hoje. Apertei o botão e perdemos o sinal. Era a hora da novela, cuidado!, todo mundo andava numa terrível dúvida de se finalmente os ricos iam chorar de uma maldita vez. Apertei de novo e o sinal voltou, para alívio mundial. Fiz isso de novo, e de novo. E outra vez. Eu queria atestar a transferência da casualidade para o terreno da causalidade. Um desconsolo exagerado irrompeu em perfeita consonância com a natureza de sua origem. Abusando da proximidade, as pessoas imploravam que Nossa Senhora resolvesse as dificuldades técnicas da recepção. Mandei o sinal de volta à estratosfera e me dirigi à dona do lugarzinho, que mexia na antena da tevê com um vigor próprio de bater claras em neve.

— Eu posso consertar, já sei o que aconteceu.

Sua resposta foi me ignorar, por causa da minha aparência molambenta e do preconceito que as massas têm contra os conhecimentos de eletrônica dos adolescentes.

— Meu pai é técnico, ele trabalha com isso e eu ajudo na oficina.

O desafio rompeu o desconsolo, transformando-o em indignação defensiva, o que esse moleque pode saber!, era o rumor que entrou na moda, não queriam vender tão barato sua esperança, mas as mulheres estavam à beira da histeria por não saber se finalmente a idiota da Mariana ia ficar sabendo das traições do desgraçado do Luís Alberto. Devia ser a terceira vez que repetiam a novela, todos já sabiam o desfecho de cor, no entanto as pessoas gostavam pra cacete de sofrer de novo pelos outros.

— Se eu consertar, você me prepara um jantar, cinco *quesadillas*, não, pensando bem, seis. Se eu não consertar você não me dá nada.

— Te dou três se você for rápido.

— Quatro e bem gordinhas.

— Ah, que folgado! Tá bem, mas anda logo.

A fortuna quis que a causalidade se ampliasse e que o que funcionava para as televisões servisse também para batedeiras, liquidificadores, rádios, videocassetes e qualquer aparelho eletrônico. A causalidade não era uma trepadeira; era uma árvore frondosa que dava frutos pontualmente, só era preciso vigiar o amadurecimento deles e não deixar que caíssem no chão.

O trabalho consistia em disfarçar com verossimilhança minhas capacidades técnicas. Nas primeiras vezes, limitei-me a desconectar o aparelho em questão e dar umas porradinhas certeiras nele, herança pedagógica da minha mãe. Então, apesar de não repetir nunca o cenário de minhas façanhas, fui me orientando pelo barroco, fingia que não conseguia consertar de primeira, nem de segunda, dizia que era um caso complicado e assim barganhava uma compensação maior. A terceira era sempre a que dava certo, pois eu não queria contradizer a crença popular, não morda a mão que lhe dá de comer! Eu cobrava em espécie na maioria das vezes, apesar de exigir pagamento em dinheiro para os lances mais atrevidos. Investi parte dos ganhos, comprei um jogo de chaves de fenda, um alicate, cabos coloridos, minhas apresentações foram ficando mais sofisticadas com o passar do tempo.

— Ih, era o que eu temia.

— O quê?

— Isso está acontecendo com todos os Moulinex.

Minha vítima olhava para o liquidificador como se ele fosse uma cunhada que acabava de lhe fazer uma traição bem feia.

— E agora?

— Tem que trocar o difusor.

— O difusor? — Às vezes era o difusor, outras o torque, a rebimboca ou o eixo.

— É, não se preocupe, consigo a peça barato, tem um lugar onde vendem usadas.

Até que chegou o dia em que a minha fama era tal que começaram a me chamar para consertar aparelhos que eu não havia quebrado. Além do mais, tanta coincidência de vez em quando fazia surgir uma suspeita e ia adquirindo ares de ameaça. Então decidi que era hora de fazer uma turnê: Jalos, San Miguel el Alto, Pegueros, Tepatitlán, em quatro meses eu estava em Zapotlanejo, batendo nas portas de Guadalajara. Me despedia de cada cidade com uma encenação espetacular, uma operação complicadíssima que me consumia horas e pela qual exigia o dinheiro necessário para a passagem do ônibus e para as despesas dos dias seguintes, nos quais me dedicava a explorar o novo território. Passei um apuro em Pegueros, onde o aparelhinho parou de funcionar, mas logo descobri que só tinha que trocar a pilha. Em Tepa, um policial ficou me perguntando onde eu morava, quem eram meus pais, mas havia tantos garotos nas ruas que ele logo percebeu a inutilidade do seu interesse humanitário e me deixou em paz.

No fim das contas, meu pai estava parcialmente certo, pelo menos nesse pedaço de mundo as cidades podiam ser maiores ou menores, mais feias ou mais bonitas, mas eram a mesma droga de coisa. De qualquer maneira, sobreviver era um passatempo que não me deixava tempo livre para especulações ontológicas. Era igual à minha casa, só que a concorrência tinha se multiplicado exponencialmente. Em cima do mundo era uma estapeação danada, milhões de mãos com seus dez vezes milhões de dedos, em lide para afanar seus frutos. Pelo menos os frutos eram mais variados, não havia só as malditas *quesadillas*, havia *gorditas* e *huaraches*, *tamales* e *tacos de canasta*.* Claro, eu ainda preferia as *quesadillas*, porque não tinha como pagar um

* *Gordita*: *tortilla* menor e mais gordinha cortada ao meio e recheada com ingredientes como queijo, carne e servida frita ou assada. *Huarache*: prato cuja base é parecida com uma *tortilla* de milho alongada, coberta com vários ingredientes, como molhos, carne, queijo ou alface. *Tamal*: massa de milho com recheio doce ou salgado, enrolada em palha de milho ou folha de bananeira e cozida no vapor. Tem certo parentesco com a pamonha brasileira, porém nela predominam os sabores salgados. *Tacos de canasta*: literalmente "tacos de cesta", são *tortillas* dobradas ao meio, recheadas com ingredientes como *frijoles refritos* (purê de feijão), batata e chouriço, e cozidas no vapor até ficarem macias.

psicanalista, mas de vez em quando me aventurava nos ignotos terrenos da diversificação. O mundo do milho era amplo e vasto.

Minha destreza para abandonar os emaranhados lençóis da pobreza não chegava a ser tanta, mas eu não passava fome, comia todos os dias e de vez em quando me permitia um colchão e um banheiro no quartinho de uma pensão. Lembrava de Jarek quase todos os dias, o que o coitadinho faria nas minhas circunstâncias? Ele não duraria nem três minutos vivo nos becos sem saída a que a vida me enviava. Os ursinhos podiam fazer o que quisessem em seus bosques de fantasia, mas a rua era dos humanos. Um orgulho de pobre andava nascendo em mim, esplendoroso.

Na maioria dos seres com quem eu compartilhava minha condição — humanos ou cachorros —, a rua havia exaltado o sentimento gregário como fórmula defensiva de sobrevivência. Eles agiam em grupo, seguros de que dessa maneira suas probabilidades se multiplicariam, no entanto sempre era preciso dividir os resultados, e a equação não era lucrativa: quando as probabilidades se multiplicavam por três, os resultados se dividiam por oito. Eu permanecia sozinho por razões aritméticas e principalmente por estar de saco cheio de exercitar a negociação de exigir e ceder. Se fosse para isso, eu teria ficado em casa.

Em cada cidade, sempre no segundo dia um contingente de esfarrapados me examinava. Eles ficavam me observando sem eu perceber, e nisso levavam vantagem, conheciam as ruas e os becos de cor, e percebiam qualquer anomalia com muita rapidez. O líder sempre era o mais velho, a rua reproduzia o modelo familiar.

— Como você faz isso?

— Faz o quê?

— Consertar os aparelhos.

— Eu sei eletrônica.

— Ensina pra nós.

— Não.

— Dá o dinheiro.

— Eu não tenho, trabalho por comida.

— Mentira, vimos você receber.

— É para trocar as peças.

— Então dá comida.

— Por quê?

— Porque sim.

— Ah.

— Larga mão de ser idiota.

— Não, não posso.

— A gente vai acabar com você.

— Como? — Minha atitude não era briguenta, na cadeia alimentar eu podia ser uma ameba, mas eles eram plâncton.

— Larga mão de bancar o idiota.

— Sabem pra quem consertei um rádio ontem? Pra polícia.

A ameaça implícita nunca falhava. Não foi a cobiça que acabou desmontando minha estratégia de sobrevivência, como ensinavam as novelas, que gostavam tanto de advertir os pobres sobre os incríveis perigos de querer ser ricos. Foi mais uma vez a coincidência, a mesma filha da mãe que tinha me dado tudo. Numa manhã eu estava executando uma operação de rotina num bar de sucos de Tonalá, quando um engravatado começou a me vigiar.

— Você é bom, seu desgraçado.

— Obrigado, senhor, meu pai me ensinou, ele tinha uma oficina em San Miguel.

— Larga mão de bancar o idiota, você não sabe porra nenhuma de eletrônica, não sei como você faz isso, mas o truque é bom.

Meus nervos se agitaram e eu comecei a violar minhas regras, a fazer coisas que nunca fazia, desmontei uma peça, tirei um cabo.

— Calma, calma, termina, quando você terminar a gente conversa.

Demorei o máximo que pude, era absurdo pois se tratava de um maldito espremedor de laranjas, tive que pedir desculpas à dona do lugar e prometer que não iria cobrar nada. Achei que o engravatado se cansaria de me esperar, mas ele estava com toda a paciência do mundo, tão sossegado que fingia que seus minutos tinham cem segundos. Eu havia feito uma bagunça tão grande que as peças não se encaixavam mais, de repente eu estava tentando até colocar uma antena no espremedor. No fim, me rendi e tive que pagar por minha idiotice. É a garantia, eu repetia para a dona do lugar, como se fosse o representante da General Electric. Era o mundo sem pé nem cabeça, é o que acontece quando você tropeça nos enredos da coincidência. Quis escapar, mas o engravatado me laçou com o prestígio de sua gravata e me arrastou com um convite para ir tomar o café da manhã com ele no restaurante da esquina.

Era o tipo de lugar em que eu nunca tinha ousado pisar, não por um julgamento quesadillesco, mas pelo triste método da autonivelação econômica. O que quero dizer é que havia duas televisões, e mais ainda: havia garçons. O que nos espiava de longe duvidava entre tomar o pedido e chamar a polícia. O lugar estava lotado de engravatados e secretárias, era inevitável imaginar o fenômeno paralelo: guichês e escritórios vazios e um monte de gente em fileiras de exasperação contida. A resignação é ensaiada nas filas de espera.

— O que você vai querer?

— *Quesadillas.*

— De quê?

— De queijo.

— Ah, sério?

O engravatado revisava o cardápio procurando argumentos culinários para o meu escárnio.

— Tem de flor de abóbora, de torresmo, de pimentão e de *huitlacoche*.*

— De torresmo.

— Quantas?

— Cinco.

— Três.

— Quatro.

— Três.

Convocou o garçom com um imperceptível assentimento telepático, ao qual o outro respondeu trazendo consigo sua presença, enfeitada com um lacinho preto que apertava o colarinho de uma camisa branca manchada. O garçom se acomodou em uma postura diligente, agitando

* Fungo comestível, parasita do milho, às vezes usado como recheio de *quesadillas*.

o bloquinho e a caneta para fingir a urgência do momento, como se fossem ditar o número do próximo sorteio da loteria. Mas não nos enganemos: ele trabalhava pela gorjeta. Parecia que todo mundo estava atuando o tempo todo, interpretando um roteiro cheio de lugares-comuns, o que não era difícil de entender, considerando o sistema de distribuição de riqueza que o país havia seguido.

— Duas *quesadillas* de torresmo, uns *chilaquiles** e dois sucos de laranja.

— Não temos suco de laranja.

— Então traz do lugar aqui ao lado.

Uma luta trepidante se travou entre a gravata e o lacinho, cujo ponto culminante ocorreu quando o engravatado prognosticou que se o garçom morasse nos Estados Unidos ele morreria na miséria, obtendo a concordância do outro em caminhar cinquenta metros em troca do direito de revender. Depois de negociar a porcentagem da comissão, o garçom sumiu jurando rapidez, eficiência e fidelidade eterna.

— Até para fazer merda você é bom. Qual é o truque?

— Não tem truque.

— E eu tenho cara de idiota. Não se engane, não sou como os idiotas de quem você rouba dinheiro. Você não viu com quem está falando, seu idiota?

Parecia que ele queria me dizer que no mundo há dois

* Prato servido geralmente como café da manhã, no México muitas vezes bem mais abundante do que estamos acostumados. Consiste em *nachos* banhados em molho picante, cobertos com creme de leite e queijo derretido, acompanhados por feijão ou ovos.

tipos de pessoas: as que usam gravata e os idiotas. Independentemente da elegância da gravata, ela brilhava com o lustro que só a insistência do uso confere. O desgaste têxtil era compensado com a qualidade da interpretação do engravatado, um chamado à intriga, ao mundo do abstrato.

— Como você se chama?

— Oreo.

— Como as bolachas?

— Não, meu nome é Orestes, mas me chamam de Oreo.

— Fala sério, você é grego?

— Não, sou dos Altos, isso é coisa do meu pai.

— Quantos anos você tem?

— Dezesseis.

— Treze ou catorze?

— Quinze.

— Treze ou catorze?

— Catorze.

— Tem certeza? Em que ano você nasceu?

— Em setenta e três.

— E como você ia fazer para ter dezesseis? Ia adiantar o tempo dois anos?

— Hein?

— Há quanto tempo você está na rua?

— Há seis meses.

— De onde você é?

— De San Miguel.

— Sei, já vi seus dentes. Por que você fugiu de casa?

— Eu não fugi, eu me perdi.

— Ninguém se perde se não quiser se perder. Seu pai bebia? Batia em você? Te comia?

— Não, não, eu me perdi, é verdade, e não quis mais voltar.

— Como você se perdeu?

— Na loja do ISSSTE.

— Fala sério.

— É que tinha muita gente, porque a loja tinha ficado fechada muitos dias.

— Por quê?

— Porque os do galinho tinham ocupado a prefeitura e…

— Epa, você errou, então você não é de San Miguel. Começa de novo. De onde você é?

— De La Chona.

— De Lagos.

— De Lagos.

— Sei, já vi seus dentes.

O garçom voltou de sua expedição de mãos vazias. Como ele podia justificar o fracasso com alegações técnicas, não tinha perdido a vontade de desafiar. Precisamente para comunicar esse tipo de notícia era imprescindível que usasse o lacinho: as desculpas agradecem a elegância.

— Não tem suco de laranja, o espremedor quebrou.

— Ah, sério? Então duas coca-colas.

— São oitocentos mil pesos.

— Do quê?

— De ir buscar os sucos.

— Mas você não trouxe porra nenhuma.

— Mas eu fui, cumpri minha parte.

— De jeito nenhum, são os riscos do negócio, meu amigo, já era.

O garçom foi se vingar de sua derrota na cozinha. Fiquei pensando se ele iria cuspir nas *quesadillas* ou camuflar suas melecas no queijo gratinado dos *chilaquiles*. Eu não ia comer nada do que servissem ali, na hipótese de um dia nos trazerem comida.

— Por que você fugiu de casa?

— Porque eu morava no morro e estava chato pra cacete.

— Isso é uma circunstância, não um motivo, não serve.

— Eu passava fome, éramos pobres e eu tinha muitos irmãos.

— Tá bem. Quantos irmãos?

— Seis.

— Não, seis não são muitos. Melhor onze. Quantos?

— Onze.

— Onze. Com quem você fugiu?

— Sozinho.

— Mentira, na sua idade você precisa que alguém te incentive, um irmão mais velho.

— Não, meu irmão gêmeo.

— Você tem um irmão gêmeo?

— É, mas não somos iguais.

— Que idiotice é essa?

— Somos gêmeos de mentira, somos gêmeos mas não somos nada parecidos.

— Não, não serve, fala sério, que confusão infernal é essa? Melhor um irmão mais velho.

Pelo visto, eu já tinha tido muito do maldito Aristóteles na minha vida, agora era a vez de Sócrates, só que de um Sócrates invertido, que em vez de extrair a verdade de dentro de si, enfiava nos outros; era um Sócrates ativo.

Os refrigerantes chegaram e o garçom abriu as garrafas na nossa frente, como se para dizer que não era preciso nos preocuparmos com as bebidas, pois ele estava reservando o melhor para depois. Olhei a garrafa contra a luz, lembrando que minha avó uma vez tinha engolido uma barata mediante a técnica de beber uma Coca-Cola confiadamente. O engravatado não se preocupou em supervisionar a qualidade da sua, na qual flutuava uma fina nata que se tornava mais densa no fundo — na verdade essa não é uma descrição válida do ponto de vista científico, a posição da nata no líquido dependia de sua densidade, a densidade da nata no fundo era maior que a da Coca-Cola, por isso afundava, coisas de Arquimedes, mas naquela época ainda não tinham me apresentado a ele. Por seu caráter ilustre, haviam presenteado o engravatado com uma Coca-Cola reserva da casa, que ele começou a beber a grandes goles.

— Com quem você fugiu?

— Com meu irmão mais velho.

— Pra onde vocês queriam ir?

— Pra Mesa Redonda.

— Pro morro? Pra quê?

— Para esperar os extraterrestres.

— Olha só, caramba, você vai aprender ou não? Pra onde vocês queriam ir?

— Aprender o quê?

— Como o quê? A falar!

— Eu já sei falar.

— Ah, sério? Mas você só fala um monte de bobagem que não serve pra nada.

— E eu também sei declamar.

— Sério? Quero ver.

E eu:

Suave Pátria: te amo não como mito,
mas por tua verdade de pão bendito;
como menina que olha de esguelha
com a blusa corrida até a orelha
e a saia colocada até o ossinho et cetera.

— Fala sério! Melhor parar por aqui. Então para onde vocês queriam ir?

— Pra Disney, queríamos ir pra Disney.

— Com essa idade? Fala sério. Pra onde vocês queriam ir?

— Pra Polônia.

— A Polônia não é lugar nenhum, fala sério.

— Pra Guadalajara.

— Isso! Pra quê?

— Pra morar lá.

— Pra estudar.

— Pra estudar.

— O que você queria estudar?

— O colegial.

— Larga mão de ser idiota, depois, o que você queria ser quando crescesse?

— Professor.

— Para morrer de fome? Você não quer deixar de ser pobre? Melhor médico.

— Doutor, quero ser doutor.

— Está bem, mas você não está estudando.

— Não, me separei do meu irmão e agora tenho que pedir dinheiro.

— Por que você se separou dele?

— Nós brigamos. — Mostrei-lhe a cicatriz que me atravessava o pômulo, a vileza do gesto me provocou umas lagriminhas de vergonha.

— Isso! Você está começando a entender, as pessoas adoram isso. Por que vocês brigaram?

— Por uma *quesadilla*.

— Quê?

— Nós só tínhamos dinheiro para uma *quesadilla*.

— E vocês não dividiram, como bons irmãos?

— A gente saiu no tapa para ver quem ia comer.

— Excelente. Quer trabalhar comigo?

— O que você faz?

— Sou político.

— E dá dinheiro?

— O que você acha?

— Meu pai diz que os políticos são idiotas.

— Faz parte do negócio, deixar as pessoas acharem que somos idiotas. Cadê a maldita comida? Esse babaca quer ferrar a gente.

Enquanto o engravatado se preparava para liquidar suas relações com o garçom, a trepadeira suprema floresceu: a fotografia dos meus pais surgiu na televisão. Era uma imagem recente, pois dava para ver direitinho que a tristeza deles havia alcançado uma aparência aristocrática, como se estivessem tristes há gerações. A televisão estava muda, mas na parte inferior da tela era possível ler o resumo da notícia: PAIS PERDEM 7 FILHOS.

Pressionei o botão vermelho e levantei a Coca-Cola do engravatado para mostrar a merda que ele estava tomando. Era um movimento complicado: enfiar a mão direita no bolso da calça para apertar o botão e ao mesmo tempo levantar a garrafa com a mão esquerda. Havia uma dificuldade adicional: era eu quem executava os movimentos. Nossa descoordenação motora podia não ser genética, mas minha mãe tinha razão: ela era real, *existia*. A Coca-Cola traçou uma cambalhota no ar e foi bater no queixo do engravatado, os restos natosos se estatelaram em sua lapela, na camisa e — ah, que grande desgraça — na gravata. Saí correndo para a rua, agora sem olhar para trás nem para a frente, eu atravessava correndo as ruas sem prestar atenção, corria atropelando as pessoas, corria entre os carros e os ônibus, desequilibrando bicicletas e motos.

Eu corria como um cachorro vira-lata fugindo das promessas do diretor da carrocinha municipal.

Erótica bovina

— Conta a verdade.

Era para isso que eu tinha voltado para casa, para que me exigissem praticar a sinceridade. Explicava as coisas que haviam acontecido comigo, mas a cada história meus pais replicavam sempre da mesma maneira.

— Conte a verdade pra nós.

Eu insistia em explicar a mesma coisa de novo, com mais detalhes, e então eles me interrompiam.

— Pare de mentir.

— Mentir?

— Mentir — confirmava meu pai —, se você diz que é o que não é e que não é o que é, você está mentindo.

Pediram a um de meus tios que viesse nos visitar, ele era engenheiro elétrico e trabalhava numa fábrica de máquinas fumigadoras. Tive que explicar outra vez a eles sobre o botão vermelho.

— Me conte a verdade — disse meu tio —, o que você

está contando é impossível. Como um sinal de áudio pode interferir num liquidificador?

— Não sei, eu só apertava o botãozinho.

Eles ligaram a tevê, eu apertei o botão: não aconteceu nada. Ligaram o liquidificador: nada. O rádio: também não. Nem mesmo entre sinais irmãos o aparelhinho funcionava, a terceira vez não era a que dava certo: na casa dos meus pais a lógica sempre se impunha às crenças populares. Abandonaram a experiência porque em casa não tínhamos nenhum outro eletrodoméstico.

— Conte a verdade pra nós.

— Deve ter sido um milagre, talvez tenha sido Nossa Senhora — eu argumentei, só para dizer alguma coisa que estivesse minimamente relacionada com o acontecimento, de tanto que enchiam o meu saco e eu já não sabia o que dizer.

Ninguém se interessava por essa história por sua pouca consistência, os relatos de milagres haviam sido codificados desde a Idade Média e deviam cumprir umas regras que eu não conhecia. Além do mais, com tanto trabalho Nossa Senhora tinha que estabelecer prioridades, fazer milagres espetaculares e indispensáveis, que servissem para propagar a fé e o culto sobre si mesma, ela não ia perder tempo ajudando um idiota a comer *quesadillas*. Isso sem considerar o ponto de vista da ciência:

— Fala sério, Nossa Senhora não entende nada de sinais analógicos — sentenciou meu tio, baseado na conjectura de que Nossa Senhora era uma pessoa que viveu há muito tempo, antes do advento da eletrônica, e sugerindo a heresia de que as entidades celestiais não são onissabichonas.

Também ficaram intrigadíssimos para saber o que havia acontecido no meu rosto. E também não acreditaram na minha explicação, nesse caso não por questões técnicas — estavam propensos a aceitar o incidente da lata de atum —, mas por vícios de discernimento paternoafetivos.

— Seu irmão não pode ter feito isso com você — repetiam. — Quem te atacou?

Eles não me diziam o que gostariam que eu confessasse, eram socráticos pra valer, passivos, pretendiam arrancar a informação de dentro de mim. O que me pediam é que eu começasse de uma maldita vez a inventar umas mentiras que coincidissem com suas ideias do mundo. Mas eu não tinha voltado para explicar a verdade nem para aprender a contar mentiras. Tinha voltado para casa porque estava cansado da luta de classes e queria comer *quesadillas* de graça. Afinal, sejam quais forem as razões, você sempre volta, ou você nunca vai embora, e tudo acaba num ajuste de contas com a memória, ou melhor, com a linguagem.

A grande decepção veio assim que cheguei em casa: Electra abriu a porta para mim. Como se fosse pouco, atrás dela estavam Arquíloco e Calímaco. Mas eles não haviam se perdido? Embusteiros. Eles tinham desaparecido de mentira, foi o que uma repórter de León com vontade de contar uma boa história inventou. Portanto a tristeza acumulada de meus pais que eu havia percebido na fotografia da tevê era toda culpa minha e de Aristóteles, que ainda não aparecera, obstinado em sua estúpida missão de fazer contato com os extraterrestres e recuperar os gêmeos de mentira. Essa era a outra grande preocupação de meus pais:

— Onde está seu irmão?

E eu voltava à história da nossa briga, ao corte com a lata de atum, mostrava de novo a eles minha cicatriz e contava que naquele momento havíamos nos separado. E eles voltavam a me dizer que parasse de mentir.

Mas não vamos nos distrair da verdadeira grandiosíssima novidade: agora eu era o irmão mais velho. Se segura, malandragem.

Infelizmente eu não era como o filho pródigo: meus pais não me perdoavam de maneira incondicional, não haviam me dado uma herança para eu dilapidar e ainda por cima eu tinha uma cacetada de irmãos. Nossa única coincidência era termos caído na miséria e voltado para casa com o rabo entre as pernas, fedendo como um vira-lata. Se eu queria que me aceitassem de volta, se realmente queria pertencer a essa família — juro que minha mãe me disse isto, e vocês não imaginam a cara que ela fez —, eu devia pagar tributo à dignidade de meus pais e ir pedir desculpas aos poloneses. Às vezes é se humilhando que se alcança a dignidade; parece confuso, mas não é: é a vida que os pobres têm que viver.

— Você tem que contar a verdade pra eles — exigiu de novo minha mãe. Pelo jeito estávamos ficando monotemáticos.

Tive que fazer uma lista das coisas que havíamos roubado. Fomos à loja do ISSSTE comprar as reposições, inclusive dois pacotes de bolachas Maria que eu coloquei na lista no lugar das Oreo. Só pra você saber, Jarek: vai tomar no cu, seu idiota. Depois de pagar a conta, meu pai me mostrou a nota: a soma tinha sete dígitos. Ele me disse que eu ia ter que devolver a ele aquele dinheiro, que ia ter que procurar um emprego. Eu havia perdido o ano escolar e desde que voltei pra casa meu pai ficou me pressionando com a ameaça de que eu tinha que encontrar algo de útil para fazer. Como ele não falou em atualizar a dívida de acordo com a inflação, era moleza; eu só precisava esperar umas duas semanas para a moeda se desvalorizar oito mil por cento e então eu lhe pagaria.

Minha mãe e eu fomos à casa dos vizinhos num horário em que tínhamos certeza de que Jaroslaw não estaria. Essas coisas se acertam entre mães, deve ter pensado minha mãe, que talvez temesse que Jaroslaw chamasse a polícia. Heniuta ficou no umbral da porta, obstruindo a entrada e ignorando as desculpas de minha mãe. Quando chegou minha vez, tive que dizer:

— Sinto muito, desculpas.

Heniuta não disse nada, ficou conversando com o silêncio. Minha mãe esperava recriminações, a vizinha gritando na minha cara que eu era um traidor, o que nós fizemos pra você?, sempre te tratamos bem!, era como minha mãe achava que ela ia protestar, estava preparada para isso, para defender o filho, que no fundo era bom, só estava confuso, mas minha mãe não entendia uma coisa fundamental: os vizinhos não iam reagir assim, eles tinham tevê a cabo e estavam acostumados à ficção estrangeira. Jarek soltou a barra da saia da mãe para olhar o conteúdo da mochila. Pegou os pacotes de bolachas Maria e os entregou a mim.

— Toma, pode ficar pra você.

Heniuta o abraçou comovida, não com a ternura que os gestos humanitários provocam, mas com o alívio de saber que finalmente seu filho estava preparado para enfrentar a vida adulta. Minha mãe voltou a pedir perdão, mas agora para incomodá-los e tirá-los de sua aprazível e ociosa tarde e introduzi-los nos desconfortos da luta de classes. Eles fecharam a porta na nossa cara, sem alarde, com um movimento natural, o que produziu uma imediata reação chorosa em minha mãe, já que nem sequer éramos dignos de uma batida de porta na cara como Deus manda. Ela aproveitou os dez metros que precisávamos caminhar até nossa casa para passar do choro indignado ao soluço histérico. Chegou a me repetir seis vezes:

— Nunca me senti tão humilhada.

No entanto, não era hora de eu me compadecer dos sentimentos feridos de minha mãe. Havia coisas mais importantes a fazer. Ela tinha que parar de se esconder no sofrimento pelos meus pequenos erros para começar a sofrer por dores que valiam a pena. Ou será que três filhos seus ainda não estavam perdidos? Eu precisava aproveitar a oportunidade que o destino havia me reservado de ser o irmão mais velho.

Para meu reinado de terror, escolhi um lema contundente que sufocaria qualquer possível rebelião dos meus irmãos mais novos.

— Vocês não sabem nada, seus idiotas.

Dependendo da circunstância, o lema admitia algumas variantes:

— Vocês não viram nada, seus idiotas.

Ou então:

— Vocês não sabem o que é viver, seus idiotas.

Calímaco era quem tinha mais curiosidade para descobrir como era o mundo mais além de La Chona. Arquíloco estava ocupado demais digerindo a frustração de ter passado a ser o segundo e Electra era muito nova para se interessar por outra coisa que não fosse entender por que sua boneca era tão diferente das de suas amigas da escola.

— Me conta! — suplicava Calímaco.

— Pegueros é imponente — eu dizia —, tem uns prédios altíssimos, de cem andares, e todas as casas têm piscina. O problema são os crocodilos.

— Crocodilos??

— É, tem crocodilo por tudo quanto é lado.

Em troca, conseguia que ele fosse meu escravo: ele me trazia coisas que estavam distantes, eu exigia que ele me chamasse de "senhor" — e que dissesse *sim, senhor* —, que fizesse as tarefas da casa que eu tinha que fazer — não eram muitas, nem muito pesadas, devido à compulsão da minha mãe, mas eu precisava manter o escravo ocupado, sem descanso, para que não tivesse tempo de pensar e se rebelar. Arquíloco se mantinha vigilante, exagerando uma indiferença da qual se havia perdido a indolência, era uma indiferença das mais interessadas. Na hora das *quesadillas*, quando ele achava uma oportunidade, tentava me desmascarar, na relativa tranquilidade que havíamos ganhado com a redução de trinta dedos nas manobras sobre a mesa.

— Pai, você sabia que em Pegueros tem crocodilos em todas as piscinas?

— Em Pegueros não tem crocodilos — eu me antecipava, aproveitando que meu pai demorava a reagir por causa da estupefação que as notícias continuavam lhe causando, até parecia que ele era estrangeiro e que ainda não entendia em que tipo de país vivia, apesar de ser preciso reconhecer, a seu favor, que realmente os políticos demonstravam altíssimas doses de engenhosidade quando se tratava de ferrar os demais. E isso quando ainda nem se sabia como o Salinas iria usá-las!

— Eu falei pra você que onde eu vi os crocodilos foi no zoológico de Guadalajara.

O alvoroço que a menção ao zoológico provocou serviu para eu olhar bem na cara do meu pai, para que ele entendesse de uma maldita vez a natureza da minha rebelião. Mesmo que eu tivesse voltado para casa por comodismo, eu já não era o mesmo. Eu tinha mudado, minha visão do mundo havia se expandido para além dos confins do município, já era uma visão estatal. Se ele dizia que o mundo inteiro era igual, eu ia defender que as acácias nem sequer existiam.

O consumo médio de *quesadillas* e sua gramatura tinham aumentado com a redução da família, é verdade, mas não na proporção que eu esperava. Nas notícias se falava o tempo todo de pactos, pactos de crescimento, pactos de solidariedade, era a maneira que o governo em exercício havia escolhido para cumprir sua missão de ferrar a nossa existência. Meu pai continuava fiel a seu saudável costume de insultar todos os políticos, aplicando uma virulência diretamente proporcional à desvalorização do peso.

— Ah, mas já chega disso, seus desgraçados filhos da puta, será que vocês não estudaram matemática!? Como vocês podem ser tão estupidamente imbecis!? Será que vocês não conseguem ver que as pessoas estão morrendo de fome!? Em que merda de planeta vocês vivem?

Eles subiam os salários dezoito por cento, com uma inflação de duzentos por cento e uma desvalorização de três mil por cento. As trepadeiras cresciam furiosamente, mas elas não davam nem uma maldita melancia. Bom, às vezes uma melancia frutificava, uma, mas era preciso dividi-la entre milhões, e ela estava seca e sem gosto.

— Conheci um político.

Resolvi dizer isso ao meu pai uma noite, para ver se conseguia salvá-lo do suicídio iminente, não foi por dó, pelo contrário, queria que ele sobrevivesse e que continuasse vivendo neste país, esse era o castigo dele.

Ele se levantou sem soltar a *quesadilla* que segurava com a mão direita, me tirou da mesa com um puxão e se trancou comigo em seu quarto.

— Foi ele que fez isso na sua cara? — Ele tocou minha cicatriz do pômulo com a borda da *quesadilla*.

— Não, foi o Aristóteles que fez isso, já falei.

— Por que você mente? Diga a verdade: foi ele?

— Não, não foi.

— Onde você o conheceu?

— Em Tonalá.

— Onde, como?

— Numa lanchonete, ele me convidou para tomar café da manhã.

— O que ele te pediu em troca?

— Nada.

— Não minta! O que ele fez com você?

— Ele não fez nada.

— Você acha que eu sou idiota? O que ele te pediu em troca!? O que ele fez com você!?

— Nada, ele queria que eu trabalhasse com ele, mas eu fugi.

— Você fugiu? Ele tinha te prendido?

— Não, eu fugi quando estávamos tomando café da manhã, bom, nós não tomamos o café, a comida nunca chegou.

— Larga mão de dizer idiotices! Isso é importante! O que ele fez com você!? Você está bem?

— Estou, estou bem, ele não me fez nada, é verdade.

— Como ele era?

— Ele usava gravata.

— Mas como ele era fisicamente?

— Não sei, nunca presto atenção nessas coisas.

Então meu pai começou a me mostrar fotografias do jornal. É este?, É este?, ele me perguntava, mas nunca era o engravatado. E andávamos nessa quando uma tarde o agente Cabeleira foi nos visitar. Puta que pariu, pensei, quando o vi na porta: os gêmeos de mentira apareceram. Mas os gêmeos não tinham aparecido, ele estava vindo me prender. Jaroslaw havia me acusado de roubo e invasão de propriedade privada. Meus pais talvez pudessem detectar alguma ironia no fato de que no fim a polícia, em vez de lhes devolver os filhos, os estava levando embora.

Felizmente, a criminalidade na cidade ainda não havia alcançado um índice e prestígio suficientes para que a população merecesse uma cadeia própria, e menos ainda um centro de detenção de menores. Nossos infratores da lei atuavam por passar fome, por desespero amoroso, por bebedeira ou porque na verdade estavam loucos e também não existia um hospital psiquiátrico por perto. Havia uma delegacia de polícia no centro, onde, além dos escritórios administrativos, estavam instaladas cinco jaulas, conhecidas pelo distinto apelido de *separos*. Se a papelada dos burocratas prosperava, os hóspedes eram transferidos para o presídio de Puente Grande. Isso acontecia poucas vezes, porque Puente Grande estava lotado de criminosos de verdade, e porque os nossos davam pena de tantas atenuantes encontradas quando se investigavam suas andanças. Tudo criminoso de meia-tigela. Hoje já existe um presídio em Lagos, o que serve como pretexto perfeito para que os habitantes da cidade, e principalmente os padres, sempre diagnostiquem que isso é porque já não existem valores.

Me enfiaram numa cela para fazer companhia a um indigente pinguço, que não podia ter encontrado lugar melhor para se curar da ressaca, e — surpresa: uma melancia suculenta — um primo em segundo grau do meu pai com fama de maconheiro e apelidado de Pink Floyd. Foi a única consideração que o agente Cabeleira teve com meu pai, conceder uma cela para a família.

— Que bom que você está aqui — meu pai disse a Pink Floyd, aliviado pela coincidência de nossos enredos legais.

— Não, pois é, o prazer é meu — meu primo respondeu.

— Cuida dele pra mim.

Só faltou meu pai acrescentar: ele não tem experiência em viver em jaulas. Mas em compensação eu tinha experiência em viver em caixa de sapatos.

— Vou estar por aqui, não se preocupe.

Meu pai foi até a casa dos vizinhos, para convencer

Jaroslaw a retirar a queixa. O agente Cabeleira havia dito a ele que essa era a solução mais simples, caso contrário havia o risco de me mandarem para um centro de menores em Guanajuato.

— Mas é outro estado — meu pai se queixou —, vocês não podem levá-lo para outro estado, se fosse assim vocês teriam que transferi-lo para Guadalajara.

— Vão mandá-lo para Guanajuato, que é onde Jaroslaw conhece gente.

— Isso é ilegal.

— Ilegal é invadir a casa dos outros e roubar.

Por um momento pensei: finalmente vou conhecer León, mas não consegui me concentrar nessa possibilidade, porque Pink Floyd me mantinha distraído da minha desgraça. O que aconteceu foi que meu avô descobriu a plantação de maconha de Pink Floyd na horta. Ele a havia mantido escondida por anos no fundo do terreno, atrás do milharal, mas de um dia para o outro vovô decidiu mandar arrancar todo o milho para plantar melancias.

— Melancias?

— Sim, melancias, seu avô está velho, perdeu um parafuso.

A diferença entre meu primo Pink Floyd e outros adultos é que quando lhe contei como fui parar na cadeia ele não me corrigiu, nem me disse que era mentira ou me exigiu que eu contasse a verdade. Ele não era nem aristotélico nem socrático; era um andarilho cagante radical, que é a versão nacional do relativismo. A única observação que fez a respeito da minha história foi sobre a escolha do lugar de encontro com os alienígenas.

— Na Mesa Redonda? Vocês fizeram merda, é em Cuarenta que os extraterrestres aparecem.

Ele achou a coisa mais natural do mundo Jaroslaw ter dado queixa, disse que ele tinha feito isso para me dar uma lição, que o trabalho mais duro dos ricos era controlar os pobres, garantir que não se rebelassem.

— O que você tem que fazer é não aprender a lição. Quando te soltarem, volta lá para roubá-los de novo, eles que aprendam. Os ladrões são eles, que controlam os meios de produção, como diria o vovô Marx. Você viu o preço do leite? Você vai na loja um dia e o litro custa duzentos mil pesos. Você toma um achocolatado, come um prato de cereais e faz uma vitamina. Volta na loja no dia seguinte. Quanto custa o litro? Sete milhões! O leite é o mesmo, as vacas estão aqui do lado. E de quem são as vacas? De ninguém! As vacas não são de ninguém. As vacas são de todo mundo. Entendeu? Então no outro dia você levanta às cinco da manhã, se enfia num rancho e ordenha uma irmã vaca. E o que acontece se te pegam? Te mandam pra cadeia, chefe! Os ricos usam a cadeia como se fosse o cantinho do castigo. Seu avô também.

— Mas meu avô é pobre.

— Seu avô, pobre? Ele tem dois hectares de terra! Além do mais você também não é pobre, não sei do que está reclamando; você é da parte remediada da família.

Nisso meu primo Pink Floyd e Aristóteles se identificavam: segundo Aristóteles, éramos quase milionários entre os peregrinos e, segundo Pink Floyd, eu era rico apenas porque tinha uns primos que eram realmente bem pé-rapados.

— Te ferraram com esse nome. Tenho um camarada

gringo que me contou que nos Estados Unidos eles chamam de Oreo os negros que querem ser brancos. Como as bolachas: pretos por fora e brancos por dentro. Este é o seu carma, chefe, você nunca vai ficar satisfeito com quem você é. Sabe qual é a primeira coisa que você vai fazer se conseguir ter dinheiro? Arrumar os dentes.

Por que você precisa de um psicanalista se tem um primo maconheiro? Além disso, um primo que não se envergonhava de mostrar uma mancha idêntica ao continente africano estampada nos incisivos superiores. A solução, no entanto, era mais simples e mais barata: aprender a falar, a sorrir, a mastigar, resumindo: aprender a usar a boca sem mostrar os dentes.

Meu pai chegou acompanhado de Jaroslaw, que começou a assinar uns papéis para autorizar minha liberação. Quem não conhecia meu pai podia achar que ele havia chegado a um acordo razoável com Jaroslaw e que, além do mais, tinha conduzido a situação à tranquilidade que sempre garante o interesse mútuo por manter as aparências. Jaroslaw estava lhe contando sobre um projeto para lotear o morro da Puta Que Pariu, e eles pareciam o que não eram: dois vizinhos comentando sobre a situação atual do bairro. Assim são as aparências, traiçoeiras, umas filhas da puta. O Pink Floyd, que conhecia bem meu pai, interpretava a cena com perfeição:

— Ele tem habilidade, o seu pai, nem parece que está puxando o saco dele.

Jaroslaw teve o mau gosto de esperar que eu saísse da jaula para dar tapinhas nas minhas costas e confirmar as teorias do meu primo Pink Floyd.

— É para o seu bem, rapaz, você vai ver, um dia você vai me agradecer.

Era como se tivessem cortado sua perna direita por causa de uma gangrena e um dia você derrubasse um copo das mãos e ele se estilhaçasse no chão, bem no lugar onde deveria estar seu pé direito, e você dissesse: puxa, que bom que amputaram minha perna. Não tive tempo de responder nada, porque Jaroslaw voltou ao ataque através do desconcerto.

— Nos vemos na segunda.

No caminho de volta para casa, meu pai escolheu o silêncio como método para me torturar. Eu não sabia como reagir a semelhantes estratégias — um silêncio dedicado especificamente a mim —, não sabia se devia contribuir com meu mutismo ou se deveria interrompê-lo com desculpas ou conversas evasivas. Eu não estava sofrendo; apenas não estava entendendo nada. Quando ele ia começar a me dar broncas, a me ameaçar, a me explicar as consequências dos meus atos? E que história era aquela de segunda-feira? Decidi esperar, me segurar, deixar que meu pai acreditasse que sua mudez estava surtindo efeito.

O silêncio continuou fazendo das suas, introduzindo seu prestígio supervalorizado como acompanhante imprescindível dos momentos sérios. Não era um silêncio de reflexão, um desses silêncios absolutos nos quais parece que o tempo se detém. Os ruídos da cidade entravam na caminhonete, e a própria caminhonete era uma fonte inesgotável de chiados em seu caminho até o esculhambamento final. Só podia ser chamado de silêncio porque nós dois mantínhamos a maldita boca fechada. De repente achei que o jogo era ver quem tinha a fraqueza de falar primeiro, que meu pai queria me ver implorando que ele saísse do silêncio, que eu lhe suplicasse para me colocar na linha. Que eu exigisse meu castigo.

— Perdão, pai, sinto muito.

A mão direita de meu pai abandonou por um momento o volante e apertou suavemente minha nuca, como se quisesse quebrar meu pescoço, mas com uma técnica desenvolvida para matar frangos sem que eles percebam. Imaginei uma granja de frangos onde houvesse um carrasco carinhoso. Ele começou a me contar como era Lagos quando ele era criança, que todo mundo se conhecia e se cumprimentava nas ruas, que na época de chuvas entravam no rio para nadar — o qual naquele então não era poluído —, que você podia trabalhar nas hortas para ganhar frutas. Que eles caçavam rolinhas e faziam fogueiras para assá-las. Que ele conheceu minha mãe quando tinha a minha idade, em um luau, comendo milho verde assado.

Eu não conseguia curtir o relato do meu pai, pois esperava a guinada que o transformaria em uma lição, da qual seriam extraídas as penas e os ultimatos. Era um salto qualitativo do caralho, que ia da literalidade para a alegoria, sem fazer escala na metáfora, era o que acontecia quando os pais achavam que você tinha crescido. Será que ele estava querendo dizer que a cidade era um lugar melhor antes, quando não havia poloneses? Ou estava sugerindo que eu procurasse emprego numa horta? Será que eu deveria sair correndo para conhecer uma mulher?

Chegamos em casa e, ao parar a caminhonete, meu pai voltou a apertar minha nuca com carinho, milhares de frangos morriam naquele momento para alimentar a humanidade.

— A partir de segunda-feira você vai trabalhar com Jaroslaw até voltar pra escola.

Obviamente, o acordo era que Jaroslaw não iria me pagar, eu trabalharia para compensar o dano psicológico que havia causado a eles e, principalmente, para o meu próprio bem, para aprender a trabalhar, para aprender o valor das coisas. Foi o que meu pai me disse e o mesmo que Jaroslaw me repetiu, quase ao pé da letra, em meu primeiro dia de trabalho. Era minha estreia na exploração econômica como Deus manda. Ai, Pink Floyd, como eu queria que você estivesse aqui.

Minha mãe também concordava, na verdade esperava que o trauma do meu fugaz encarceramento atuasse em benefício dela:

— Nesta vida de tudo se aprende, Oreo.

É mesmo, mamãe? Será que serve mesmo para alguma coisa acumular tanto conhecimento inútil?

Voltei, então, a vagabundear, mas agora se tratava de um vagabundear motorizado e com uma finalidade comercial: visitar as fazendas para inspecionar os ciclos de cio das vacas, entregar doses de sêmen, recarregar tanques de nitrogênio e, algumas vezes, realizar a inseminação. Saíamos às cinco da manhã e fazíamos quatro rotas diferentes, uma na estrada para León, até a Ermita — às segundas-feiras —, outra pela estrada de Aguascalientes, até La Chona — às terças-feiras —, a do caminho para o Puesto — às quartas-feiras — e a da estrada de San Juan — às quintas-feiras. Às sextas-feiras a rota dependia das pendências acumuladas na semana. Parávamos para tomar café da manhã às oito, para almoçar às duas e voltávamos para casa aproximadamente às cinco da tarde. Como se o martírio fosse pouco, eu ainda tinha que suportar os sermões de Jaroslaw.

— Eu era pobre, como você, meu pai tinha uma barbearia na Cidade do México. O normal seria eu ter ficado lá e aprendido a cortar cabelo. Mas eu quis estudar, entrei na universidade, estudei veterinária. Comecei a trabalhar numa fábrica de produtos lácteos, supervisionando as fazendas onde comprávamos leite. Poderia ter ficado lá, com meu salário garantido a cada quinze dias, mas eu queria mais. Comecei meu negócio com muitas dívidas, os primeiros anos foram terríveis, mas me esforcei, trabalhei muito, e olhe só onde estou agora.

Eu olhava para ele. Havia uma coisa pior que o orgulho de pobre: o orgulho do pobre que tinha ficado rico. Ele repetia sua história uma vez depois da outra, de diferentes perspectivas, tirando ou acrescentando detalhes, escorregando em algumas inconsistências. Às vezes, parecia querer dizer que esperava que eu fizesse a mesma coisa, como se estivesse me aconselhando. Outras vezes, parecia dizer que nós dois éramos de natureza diferente, que ele me contava sua história para que eu entendesse por que nunca chegaria a vencer na vida, para que me resignasse. Naquele instante, a única coisa que eu entendia era que o sistema econômico era complicadíssimo, já que era possível enriquecer prenhando vacas.

Em termos técnicos, o mais importante do negócio era identificar o cio das vacas oportunamente, era preciso aprender a interpretar o comportamento psicossexual das alvinegras. Tratava-se de um trabalho árduo e ingrato, de muita pressão, uma vez que o cio bovino durava no máximo vinte e quatro horas — parece que a natureza tinha antipatia pelas vacas ou havia apostado alto na rápida extinção delas na roleta evolutiva. Durante o cio, as vacas se mostravam inquietas, não paravam de mugir, perdiam o apetite, ânus e rabo balançavam ritmicamente, aparecia uma secreção mucosa cristalina e elas eram acometidas de *reflexos de monta e fricção*: o impulso de procurar, olfatear, perseguir e cobrir outras vacas.

Jaroslaw repetia o tempo todo: não havia nada pior do que inseminar uma vaca fora do ciclo. O pecuarista ficava prostrado diante da incerteza — essa filha da mãe inimiga dos cientistas —, que, como sempre, era uma fonte de perda de tempo — onde tempo é igual a dinheiro. Tamanho obstáculo justificava a aplicação de técnicas monstruosas. A natureza podia ser uma filha da puta, mas era sábia e havia decidido que quem tinha a capacidade de detectar o cio de uma fêmea era o macho. No entanto, a modernidade havia encontrado um problema na eficácia do instinto, porque o macho não podia cumprir sua obrigação sem ter tesão, cobrir a fêmea e penetrá-la para depositar seu nojento sêmen indesejável.

A ciência ainda não tinha conseguido desenvolver touros sensatos que informassem aos pecuaristas de maneira oportuna quais espécimes estavam no cio. Dito assim, até se poderia pensar que os touros eram os únicos responsáveis pelas torturas que sofriam, por culpa de serem tão impulsivos. Não se podia confiar neles, portanto o pecuarista precisava recorrer à repressão cirúrgica: fixar o pênis do touro no abdome ou desviar sua trajetória. No primeiro caso, o touro cobria a fêmea, mas estava condenado a se conformar com esfregamentos — que são uma delícia, não vamos negar, mas tendo chegado tão perto... O segundo caso era uma piada de mau gosto em uma comédia de erros: o touro tentava e tentava, e nunca acertava.

Imaginem o conceito que as vacas modernas têm dos touros.

Havia uma terceira possibilidade, mais perturbadora: as vacas androginizadas. O procedimento consistia em injetar hormônios nas fêmeas para convertê-las ao lesbianismo. Vacas cobrindo vacas, pode haver algo mais erótico?

Detectado o cio, só faltava a parte chata: depositar na vaca o sêmen de qualidade genética superior. O negócio de Jaroslaw estava aqui: na venda do sêmen de touros canadenses. Os catálogos detalhavam as estatísticas de cada touro e a genealogia de suas filhas. A qualidade dos úberes, das patas, dos quadris, sua personalidade leiteira. Alguns touros haviam produzido mais de um milhão de doses e tinham filhas em cinquenta países. Havia um filme que Jaroslaw mostrava aos clientes, *Os mestres do sêmen*. Era a exaltação narcisista dos três melhores exemplares da empresa canadense, você os via pastando em campos verdejantes, com montanhas nevadas ao fundo, para logo depois vê-los acometer com fúria vaginas artificiais, receptáculos projetados para capturar o valioso sêmen deles.

O reino da melancolia bovina: vacas que nunca tinham sido penetradas e sementais que se divertiam com fêmeas mecânicas.

Nas ocasiões em que Jaroslaw realizava a inseminação, eu cumpria um papel fundamental, me encarregava da assepsia. Tinha que enfiar a mão no ânus da vaca, tirar o excremento do reto e deixar aquilo tudo — ânus, reto, vulva, vestíbulo vaginal — limpo e reluzente. Parece nojento, mas era uma tarefa reconfortante. O calor interno da vaca, sua mansidão, os ligeiros tremores e mugidos que ela emitia e que eu atribuía a minhas tentativas.

Só uma vez Jaroslaw permitiu que eu chegasse ao clímax: introduzir a pistola na vagina da vaca e depositar o sêmen. Minha mão direita enluvada entrou na vagina da vaca apontando na direção indicada, sob a atenta supervisão de Jaroslaw.

— Isso, isso — dizia ele.

A sensação de calor na minha mão fazia com que eu me sentisse como se estivesse em casa, mas não na casa dos meus pais; na *minha casa*, um lugar no mundo que era meu e que me fazia intuir o conforto que só o abandono da existência pode produzir. Jaroslaw agarrou meu punho e confirmou a posição da pistola:

— Agora — disse —, agora: aperta o gatilho!

Apertei.

Senti a pistola estremecer.

E tive o primeiro orgasmo sem esfregamento da minha vida.

Justiça para Lagos

— Tenho uma surpresa pra você.

Foi o que meu pai me disse uma tarde quando cheguei do trabalho. Ele tinha escolhido um sorriso culpado para a ocasião, o que pressagiava uma notícia que, segundo ele, seria magnífica. Caminhei em sua direção como um bom frango obediente. De fato: ele acariciou minha nuca de novo, mas com tanto vigor que achei que o que ele queria era insensibilizar a zona.

Uma surpresa?

Deve ser uma guilhotina, pensei. Quase isso: Aristóteles tinha voltado para casa. Minha mãe e meus irmãos estavam jogados a seus pés, escutando suas aventuras, acho, quando ele me viu entrar e decidiu restabelecer logo a ordem anterior à nossa partida.

— O que aconteceu com a sua cara, seu idiota?

Dar uma de idiota costuma ser muito convincente, ia ser a minha palavra contra a dele, seu prestígio de irmão mais velho contra a má reputação que o fiasco do botãozinho havia me feito adquirir. Não dá para brigar pela verdade quando seu rival se chama Aristóteles. Nome é destino. Meu pai pareceu se lembrar disso por um instante, seu sorriso se ensombreceu com a possibilidade de que eu materializasse a metáfora do meu e começasse a matar todo mundo de maneira sangrenta. Mas eu não tinha personalidade para fazer algo assim, nem sequer me suicidar. Além do mais, minha irmã era nova demais para me incitar a executar vinganças cruéis.

Optei por me manter calado e retraído, atitude consequente com o trauma de ter perdido minha posição preeminente na família. O prazer não havia durado nem três meses, não tinha servido para nada, considerando a quantidade de agravos que eu havia acumulado. E agora se segura, pois Arquíloco estava murmurando seus versos ao ouvido de Aristóteles.

Nos sentamos para jantar, e minha mãe, para poder preparar as seis *quesadillas* de Aristóteles, teve que ativar o protocolo de racionamento. Cada *quesadilla* perdia cerca de cinco gramas. Nos ferramos. Como se fosse pouco, meus pais não interrogavam Aristóteles, não lhe exigiam a verdade, ou pelo menos não queriam fazer isso na frente dos outros. O que Aristóteles faria? Contar sobre seus contatos imediatos com os extraterrestres? Em vez de especular, decidi oferecê-lo em sacrifício em troca de que nos contasse sua versão dos fatos.

— E meus irmãos?

— Estão bem.

— Onde eles estão?

— Estão com *eles*.

— Com eles?

— Sim, com *eles*.

— E como você sabe que eles estão bem?

— *Eles* me disseram.

— Eles? Os gêmeos, você os viu?

— Larga mão de ser idiota, *eles*, não eles.

Quem seriam *eles*? Não interessava a meus pais desfazer a ambiguidade da frase e endereçá-la no caminho da literalidade, eles fingiam estar abstraídos com a tevê e o *comal*; uma coisa era me contradizer, me chamar de mentiroso, e outra, bem diferente, agir assim com Aristóteles: um pouco de estrutura andava fazendo falta à nossa desmoronada família. Não iam ser justamente meus pais que iriam destruir o sustentáculo que acabava de aparecer para escorar nossa derruída casa.

Jaroslaw também devia pensar algo semelhante, pois não se preocupou com o bem de Aristóteles nem em controlar a ameaça que ele poderia supor para o feliz estado das coisas, não achou necessário meu irmão ser castigado nas celas da polícia. Eu estava decidido a convencê-lo do contrário, o prato da vingança já estava tão frio que era preciso me apressar. Jaroslaw precisava saber que na verdade Aristóteles tinha sido o autor intelectual do roubo, que eu me limitara a pular o muro e a mostrar a ele onde estavam os víveres, levado por suas promessas. Para deixá-lo a par de tudo, aproveitei a longa inatividade do meu maxilar no café da manhã, já que inevitavelmente eu sempre terminava as duas *quesadillas* que me cabiam antes que Jaroslaw desse conta de suas sete *gorditas*.

— Queria pedir perdão ao senhor.

— Por quê? O que você fez?

— Não, nada, quer dizer, nada novo, pelo roubo.

— Isso já ficou para trás, não se preocupe.

— É que antes não nos conhecíamos bem e agora eu queria pedir perdão ao senhor outra vez.

— Bom, está bem.

— Mas queria que você soubesse que quem organizou tudo foi Aristóteles.

— Não importa, já passou.

— Aristóteles teve a ideia da gente entrar pra roubar e me obrigou a dizer pra ele como era a casa e onde estavam as coisas.

— Já falei que não precisa se preocupar, deixa pra lá.

— O senhor não vai mandá-lo pra cadeia como fez comigo?

— Não.

— Por quê?

— Com um já foi suficiente.

Promoção: justiça, dois por um; o problema foi que para o meu irmão saiu de graça e eu paguei o preço todo. E, quanto à pedagogia derivada da minha experiência na prisão, o que se supõe que eu devia fazer? Transmitir a Aristóteles o ressentimento que ela me provocou, para que ele também aprendesse?

— Ele não precisa aprender?

— Quê?

— O senhor me disse que era pelo meu bem.

— Isso é coisa do seu pai.

O que era coisa do meu pai? A ideia de que era possível alcançar o bem através do conhecimento empírico-traumático? A ideia de que é válido trair um filho organizando um complô pelas costas para que ele aprenda? Ou ele era apenas o autor da frase que todos tinham me repetido naquele dia?

— Meu pai pediu que você desse queixa de mim?

— Eu não disse isso. O que você está achando?

Isto é o que eu estava achando: que meu pai e Jaroslaw eram uns filhos da puta.

— Seu pai é uma boa pessoa.

Para mim, era uma bomba que havia saído pela culatra. Quando terminamos o trabalho, pedi a Jaroslaw que me deixasse no centro, com a desculpa de que tinha coisas para fazer, que na verdade eram umas vulgares fofocas traiçoeiras.

Fui à delegacia de polícia buscar o agente Cabeleira. Encontrei-o dedicando-se à atividade antinatural de revisar um dossiê.

— Meu primo está aqui?

— Não está, até parece... tá pensando que aqui é a casa dele, é?

— O senhor soube que o Aristóteles voltou?

— Da tumba? Fala sério.

— Meu irmão, meu irmão mais velho.

— Eu sei de quem você está falando, era uma piada. É que, francamente, o seu pai, com esses nomes que colocou em vocês... — Podia ser pior: ter um nome desses e o cabelo e o senso de humor do agente Cabeleira. Mas vocês sabem o que o ditado diz: Deus aperta, mas não enforca.

— Foi ele.

— O quê?

— Que foi ele.

— Foi ele o quê?

— O autor intelectual do roubo.

— Ai, caramba, você aprendeu na tevê? Autor intelectual, que elegante!

— Ele me obrigou.

— Você quer prestar queixa contra o seu irmão?

— Não, não é isso.

— Então o que você quer?

— É para a investigação.

— Que investigação?

— Do roubo, estou dando a informação para que vocês possam resolver o caso.

— De que diabos você está falando? Não existe caso, Jaroslaw retirou a queixa. Você quer ferrar seu irmão? É Jaroslaw que você tem que convencer.

Olhei para o cabelo dele, onde nesse momento os cachos mais emaranhados se impunham ao restante dos fios, que tinham se retirado em atitude dócil diante do avanço implacável dos cachos. Continuei olhando para o seu cabelo porque não queria olhar para o rosto, para a expressão com a qual eu sabia que ele me acusava de trair a família.

— Escuta, quantos anos o Aristóteles tem?

— Dezesseis.

— Cuidado, porque se você consegue que Jaroslaw dê queixa dele e ele não a retirar logo, seu irmão, sim, pode ser mandado a uma instituição de menores.

O agente Cabeleira preocupado com Aristóteles? Parecia que eu havia mudado de país. O noticiário também:

de repente já não havia interesse em continuar revelando os sucessivos percentuais que ilustravam nosso eterno caminho à falência. Haveria eleições no ano seguinte e agora tudo que importava era especular sobre quem seria o novo orquestrador de cataclismos. Era como se o presidente em exercício — e, junto com ele, todo o país — tivesse muitíssima pressa para entregar ao outro a cratera que havia aberto com tanta diligência durante os últimos anos. Àquele que liderava a corrida presidencial, meu pai só dedicou dois adjetivos: anão e careca. Nos seis anos seguintes, e até a eternidade, foi ensaiando todas as variantes possíveis. Anão desgraçado. Careca de merda. Anão imbecil. Anão cuzão. Careca cuzão. Ladrão anão. Anão idiota. Maldito ladrão careca. Careca filho da puta. Anão filho da puta. Maldito careca cuzão imbecil filho da puta que pariu. Sem respirar.

No entanto, meu pai não estava em condições de cuidar do infeliz estado da nação. Suas emergências eram municipais: o prefeito interino — imposto depois da fraude eleitoral, seguida pela tomada e desalojamento da prefeitura — aproveitava a impunidade típica do cargo, exacerbada pela condição efêmera de seu mandato, para autorizar o loteamento do morro da Puta Que Pariu.

Era um projeto para construir uma área residencial na encosta oeste do morro — onde vivíamos —, já que pelo visto os ricos estavam se cansando da movimentada vida no centro e queriam pernoitar entre as acácias e contemplar a cidade do alto. Considerando que o nome do morro não era uma boa propaganda publicitária, o projeto tinha o nome pretensioso — e sarcástico, se decidíssemos levá-

-lo para o lado pessoal — de Residencial El Olimpo. Para dizer a verdade, Jaroslaw não só acertou em suas previsões imobiliárias, mas também estava metido no negócio. Dava vontade de perguntar o que tinha vindo primeiro, se Jaroslaw era a galinha que andava botando aquele ovo ou se o projeto iria nascer do ovo que Jaroslaw tinha vislumbrado. Seja como for, havia vários sócios chocando o ovo, entre eles as duas famílias mais preeminentes de Lagos, as que controlavam a vida política e econômica desde os tempos coloniais, cujas fazendas por acaso eram clientes de Jaroslaw.

Jaroslaw e meu pai conversavam com frequência, na verdade Jaroslaw era quem insistia: vinha em casa à noite e pedia a meu pai que saísse para conversarem na rua. Com rua quero dizer a brecha onde estavam nossa casinha e a mansão dos poloneses, rodeadas pela encosta do morro. Meu pai não nos contava nada dessas conversas, mas Jaroslaw se encarregou de me fazer saber, porque havia reservado para mim um pequeno papel em seu plano; eu ficaria encarregado de chocar o ovo um pouquinho.

— Estou oferecendo um negócio ótimo ao seu pai. Mas seu pai é muito teimoso e não quer. Ele não percebe que com esse negócio vocês ficariam muito melhor. Seu pai tem umas ideias muito estranhas. Você sabe do que estou falando?

— Não.

— Seu pai não contou nada pra vocês?

— Não.

— Você não ouviu ele conversar com a sua mãe sobre isso?

— Não.

— Eu não estranharia se sua mãe não soubesse mesmo de nada. Preciso conversar com ela. A que horas seu pai vai pro colégio?

— Não sei.

— Não sabe? Você gosta de morar nessa pocilga? Não gostaria de morar numa casa mais bonita?

O negócio era que nossa pocilga estava atrapalhando. Jaroslaw propunha a meu pai comprar nossa casa, quer dizer, o terreno, ao preço atual de mercado. Meu pai não queria vender, por um apego incompreensível, embora Jaroslaw pensasse que ele ambicionava vendê-la quando o preço disparasse, depois do loteamento do morro. No entanto, Jaroslaw dizia que era agora ou nunca, que ele já tinha se informado de como meu pai havia "comprado" o terreno e que, se não aceitasse a oferta, como já haviam feito os outros ocupantes molambentos do morro, acabaríamos ficando sem nada.

— Ainda não disse isso pro seu pai, porque o conheço e sei como ele vai reagir — eu também sabia como: organizando o exército aqueu —, não quero forçar a barra, mas se esse assunto não se resolver rápido qualquer dia vão aparecer as máquinas e derrubar a casa de vocês. Conta pra sua mãe, diga que eu preciso conversar com ela.

Tudo isso explicava com perfeição por quê Jaroslaw não havia prestado queixa de Aristóteles. Primeiro, porque enquanto durassem as negociações ele não podia ganhar a inimizade do meu pai. E segundo porque, se acabasse derrubando nossa casa, isso já lhe parecia castigo suficiente. Os ricos eram como Deus, que aperta mas não enforca, no entanto eu precisava que Jaroslaw se esquecesse do deus cristão e vestisse a fantasia de um desses deuses gregos que não conhecem a piedade e sentem prazer em esmagar mortais.

— Eu ajudo o senhor se me fizer um favor.

— Sou eu quem está te fazendo um favor, entendeu?

— Mas nós dois podemos nos ajudar.

— O que você quer?

— Que você dê queixa do Aristóteles e não retire a queixa.

— Não vou fazer isso, tá pensando o quê? Não vou criar caso com seus pais justo agora.

— Não precisa fazer isso agora, pode fazer depois, não há pressa.

Não havia pressa, era verdade: eu tinha passado a vida inteira esperando esse momento, por que não poderia esperar mais?

— Escuta, não seja uma má pessoa.

Má pessoa? A galinha estava falando dos ovos?

Finalmente eu me sentia em pleno uso de meu nome, recebendo incumbências secretas, urdindo conspirações, fazendo sacanagem. Abordei minha mãe num momento em que ela não estava chorando.

— Jaroslaw quer conversar com você.

— O que você aprontou? — As mães estão geneticamente programadas para dar esse tipo de resposta.

— Nada, não é sobre mim.

— Eu não tenho nada pra conversar com esse homem.

— É sobre dinheiro, ele quer comprar a nossa casa e diz que meu pai não quer vender. E que se a gente não vender vão mandar umas máquinas para derrubá-la.

— E você acha que eu não sei de nada?

— Não sei, só queria te dar o recado.

Ela não sabia de nada, ou pelo menos não da história toda. Era fácil perceber, porque, se soubesse, o que teria feito seria emitir a posição oficial da família: repetir a opinião do meu pai a respeito.

— Vai lá e diz pra ele vir amanhã às quatro, mas pra não atrasar, que seu pai chega às cinco.

Meu debute nas traições familiares estava sendo um fiasco, me concediam representar o papel sem graça de mensageiro. Para isso seria melhor eu me chamar Hermes.

O efeito da reunião secreta entre Jaroslaw e minha mãe foi que nesse mesmo dia, à noite, minha mãe declarou greve de *quesadillas* e enfrentou meu pai com a televisão desligada.

— Você vai procurar Jaroslaw agora mesmo e dizer que vamos vender a casa pra ele.

— Como você ficou sabendo? Ele veio falar com você pelas minhas costas? Já estou indo, mas pra enchê-lo de porrada.

— Não seja dramático, foi Heniuta quem me contou, conversamos um pouco hoje enquanto eu estendia a roupa no pátio.

Não seja dramático: o frango criticando os cacarejos. E, claro, minha mãe era péssima na invenção de mentiras, porque devido à altura do muro dos vizinhos só havia duas possibilidades: ou Heniuta era uma girafa, ou ela tinha subido numa escada enorme para nos espiar, o que não era exatamente uma boa maneira de começar uma conversa entre vizinhas.

— Eles querem nos comprar, será que você não percebe?

— Não, eles não querem nos comprar; eles querem comprar a nossa casa.

— Não, eles não querem comprar a nossa casa; eles querem nos obrigar a vender a nossa casa pra eles.

— Nos obrigar? Você por acaso perguntou a minha opinião?

— A casa é minha e quem decide sou eu. Nós não vamos vendê-la. Não vamos sair daqui.

Meu pai tinha razão: estávamos em 1987. Nos Altos de Jalisco. O que minha mãe estava pensando?

A negativa final de meu pai teve como resposta uma ordem de despejo, fundamentada não só na apropriação indevida de terrenos municipais — que era o argumento-ameaça com que haviam chantageado o restante dos povoadores do morro —, mas também num laudo de inabitabilidade da casa: a propriedade estava construída sobre um terraço no qual a encosta não havia se estabilizado de maneira adequada. Levando em conta nossa pobreza, o mais provável é que fosse verdade — embora nenhum arquiteto ou engenheiro tivesse ido em casa fazer tal diagnóstico. Resumindo, estavam nos expulsando por duas razões: por larápios e para o nosso bem. Vai que a casa caísse em cima de nós e estragássemos o prazer de que eles a derrubassem. O ultimato vinha acompanhado de uma data: tínhamos dez dias para ir embora.

Meu pai teve uma primeira fase de negação, na qual repetia:

— Não vai acontecer nada, eles querem nos assustar, é ilegal, não podem fazer isso.

Essa fase durou quinze minutos, tempo que ele levou para ler e reler várias vezes a ordem de despejo e lembrar em que país vivíamos. Por isso a gente assistia ao jornal todas as noites: para não baixar a guarda e nos manter na defensiva de maneira permanente.

Um dos efeitos da ansiedade que começou a nos dominar foi a reinterpretação de alguns fatos da nossa história recente: de uma hora para outra, virei o pestilento da família por ter trabalhado com Jaroslaw, como se não tivesse sido meu pai quem me obrigou a fazer isso, como se os frangos é que escolhessem viver em granjas.

— Você é um maldito traidor — repetia Aristóteles, ao qual meus outros irmãos se associavam com uma fidelidade do tamanho dos vexames que eu lhes havia imposto em meu efêmero reinado.

As surras chegaram de maneira natural: serviam para que meus irmãos se desestressassem e para eu me disfarçar de vítima e esquecer meu verdadeiro papel nesse imbróglio. *Você merece,* eu repetia a mim mesmo, *você merece, por ser traidor,* não tanto por minha confabulação com os poloneses, mas por algo que eu jamais confessaria a minha família: eu queria que destruíssem essa maldita casa.

Meu pai enquadrava a colonização do morro da Puta Que Pariu na luta pelo poder municipal entre a oposição — os do galinho colorado — e o PRI. Achava que as coisas estavam sendo feitas às pressas para que os terrenos fossem loteados antes das eleições do ano seguinte, nas quais a oposição provavelmente voltaria a ganhar e com toda a certeza voltaria a ser roubada. Ele achou que a solução seria mobilizar os *sinarquistas,* organizar um plantão de fanáticos e beatas para impedir que nossa casa fosse demolida. Como se alguma vez, nos últimos cem anos, essa gente tivesse ganhado alguma batalha. A estratégia parecia pensada mais para semear trepadeiras que para nos salvar da desgraça.

Enquanto meu pai organizava a resistência, minha mãe empacotava as coisas contra a vontade paterna. Alguns professores do colégio federal, colegas do meu pai, começaram a vir em casa à tarde. E também os militantes do galinho colorado, que exigiam que se rezasse um rosário antes ou depois da assembleia, um rosário completo, com suas catorze estações. Começávamos a rezar porque meu pai dizia que realmente precisávamos deles, mas para mim eles estavam tão magros, tão derrotados, tão esfarrapados que só conseguia imaginá-los caindo de costas ao primeiro sopro dos policiais. Além do mais, como podíamos nos animar se das catorze estações Jesus Cristo perdia em doze? E, como se fosse pouco, quando ele finalmente ganhava já estava morto.

As discussões sobre a maneira de proceder também não nos incutiam confiança, os *sinarquistas* eram especialistas em usar vocábulos arcaicos e suas interpretações eram muito sem graça, porque eles não viam televisão. Construíam frases minimalistas sem nenhum duplo sentido, condenadas à mais vazia literalidade. *Despois*, recordavam eles, *ansim, ansim*, apontavam. Falavam sem modulação, sem gesticular e sem usar as mãos. Eram mudos em linguagem corporal!

O contraste com os falatórios de meu pai e seus colegas era grotesco. Eles tentavam ganhar a vida falando, lendo fragmentos de livros em voz alta, transmitindo significados inclusive quando estavam calados, escutando seus alunos. Usavam réguas ou batutas para ressaltar seus movimentos de mãos, tinham tiques como sacudir as lapelas ou arregaçar as mangas, franziam a boca e os olhos, no cúmulo do exagero semiótico não desperdiçavam nem as sobrancelhas para transmitir significados. Pior ainda: durante as campanhas tinham visto montes de discursos políticos, na tevê e ao vivo. Cultivavam trepadeiras rasteiras sem frutos, ervas daninhas de que não era preciso cuidar porque cresciam sozinhas, de maneira selvagem. Um fazia um chamamento à sedição, que seus colegas reprovavam por ser incendiária e que os *sinarquistas* nem sabiam o que era. O que é sedição? Não é pecado? Outro queria o advento de uma república em que o povo fosse institucionalizado. Para aperfeiçoar a confusão, de repente meu pai pedia silêncio e me ordenava:

— Agora você recita.

E eu:

— Quando o tirano oferece garantias, sua única intenção é aproximar-se de prosélitos, servindo-se desse ardil para embaucar ignorantes que amanhã, quando seu governo for derrubado, irão lhe servir de anteparo para fugirem comodamente para o exterior, a fim de desfrutar o dinheiro roubado do povo mexicano, abandonando esses bois de piranha a sua própria sorte *et cetera*.

Ninguém sabia para que aquelas noitadas iam nos servir. Para concluir, a única motivação que tivemos foi um ato de vandalismo: um dia apareceu na casa dos poloneses uma pichação gigantesca com o lema dos rebeldes, *Justiça para Lagos*.

Mesmo que não quiséssemos, a mistura de ultimato, fervor religioso e encontros políticos em casa fez com que as noites de *quesadillas* começassem a adquirir a tristeza das últimas ocasiões. Matávamos a fome rápido demais. Numa noite, sobraram *quesadillas*! Minha mãe apagava o fogo do *comal* e se aproximava da mesa, quando viu o *tortillero** livre de disputas.

— Você está perdendo tempo, não vai servir pra nada — ela disse a meu pai, como se ainda faltasse o carrasco torcer uma vez mais o pescoço de um frango exangue.

— Só preciso que eles estejam aqui no dia — respondeu meu pai, porque para ele era importante que assistíssemos à nossa execução acompanhados.

Na noite anterior à data do ultimato, apareceu em casa uma comitiva familiar, composta de três irmãos de meu pai e um cunhado deles, que havia investigado e disse que o município já tinha alugado duas escavadeiras. Duas escavadeiras para uma construção como a da nossa casa? Devia ser por precaução, caso uma quebrasse a outra poderia assumir, não existe nada pior que estragar um clímax.

Tentaram convencer meu pai, mas já era tarde demais, desde o começo sempre foi tarde demais, nesse assunto realmente operava uma distorção do tempo, porque desde a chegada do ultimato até o desenlace sempre foi tarde demais, como se o final já tivesse acontecido no início e só faltasse cumprir o protocolo. Diante da negativa de meu

* Tradicional cesta redonda com uma tampa, usada para manter as *tortillas* aquecidas quando elas vão ser servidas como acompanhamento nas refeições. Sua versão mais moderna é um recipiente de plástico rígido.

pai e das lágrimas de minha mãe — elas realmente foram comoventes; se foram para nós, que a víamos chorar todos os dias, nem imagino o que meus tios sentiram —, a comitiva passou das palavras à ação. Todo mundo segurou meu pai para arrastá-lo para fora de casa. Aristóteles gritava *Deixa ele, deixa ele,* e todos nos assustamos tanto que só conseguimos canalizar o susto chorando aos gritos.

Meu pai era um frango ao qual não bastava um carrasco, nem quatro; era preciso todo um sistema de injustiças, a fundação de um país eternamente organizado em torno de fraudes para executá-lo.

Antes de chegarem à porta, ficou evidente que meus tios também não queriam o papel de carrascos, meu pai se soltou dos oito braços e bateu no rosto do que estava mais perto. Um hematoma descomunal surgiu sobre a sobrancelha direita do irmão caçula do meu pai, que se aproximou dele de novo, mas desta vez para abraçá-lo.

— Você é um belo idiota, mano.

Meus tios foram embora, deixando para trás o estado de emergência adequado para o que aconteceria. Meu pai aproveitou a tensa transição da calma à histeria para nos lembrar da agenda do dia seguinte, que pronunciava como se fosse um general numa guerra de galinhas. Devíamos acordar às quatro e meia da manhã, os sinarquistas chegariam às cinco, era preciso preparar o café da manhã para eles, ovos e café, organizar o cordão ao redor da casa. E então esperar. E então aguentar. E aguentar. E aguentar.

Todos os ovos que tínhamos comprado, no entanto, resultaram desnecessários. À meia-noite o rugido das escavadeiras nos despertou do dormitar em que nos remexíamos. Já era domingo.

Saímos de casa sem resistir, escoltados pelos policiais. Minha mãe distribuía os embrulhos que estivera montando com sua tenacidade doentia. Todos eram policiais desconhecidos, haviam planejado com tanto rigor nossa destruição que até mesmo haviam pensado que se usassem policiais reincidentes, que tivessem participado de nossas desgraças anteriores, eles poderiam acabar se apiedando de nós. Nem rastro, nem um fio de cabelo do agente Cabeleira.

Meu pai não esperneava, não dava empurrões para se soltar, não podia fazer isso porque ia caminhando sozinho, sem necessidade da ajuda de ninguém. Voltou para casa para acabar de pegar os pacotes, que íamos acomodando na caçamba da caminhonete, pediu cinco minutos para se assegurar de que não estávamos esquecendo nada. Dentro ficavam os móveis, as janelas e as paredes, as plantas da minha mãe.

A televisão ficou lá!

E agora, como íamos saber que éramos infelizes?

Parecia que era justamente isto que meu pai estivera procurando: urdir uma defesa destinada ao fracasso e fracassar tal como ele havia planejado, ao pé da letra, cair derrotado com a certeza inabalada de ter sido atropelado.

Bastaram duas investidas da escavadeira para derrubar nossa caixa de sapatos. A primeira lançou o telhado de amianto ladeira abaixo, provocando um estrondo que foi diminuindo conforme a tampa de nossa caixa deslizou até o sopé do morro. A segunda destruiu a fachada e o muro esquerdo, o mais afastado da casa dos poloneses. A escavadeira foi abandonada com o braço atravessado na metade da casa e estacionaram a outra — que tinha se mantido à margem — em frente. Os trabalhos de limpeza poderiam esperar até de manhã.

Antes de ir embora, um dos policiais perguntou quem era Aristóteles: para Jaroslaw, os deuses gregos eram uns zés-ninguém. Entregaram o boletim de ocorrência a meu pai, enquanto enfiavam Aristóteles no camburão e minha mãe parava de chorar porque precisava usar os olhos para confirmar se estava realmente acontecendo toda aquela maldita desgraça junta. Quando tiveram certeza de que nossa humilhação era inofensiva, foram todos embora, policiais, motoristas de escavadeiras, inspetores de obras públicas.

Na casa dos poloneses havia luzes acesas não porque eles tivessem acordado para assistir à demolição; eles não estavam lá — tiveram a elegância de ir passar a noite fora —, mas tinham deixado algumas lâmpadas acesas para simular que havia gente em casa.

Foi minha mãe quem atirou a primeira pedra, na verdade um pedaço de tijolo de nossa casa. Todos começaram a imitá-la. Quebravam os vidros das janelas, os tijolos se esmigalhavam na fachada, manchando-a da cor de laranja. Electra atirava pedrinhas carregadas de um imenso valor simbólico.

Ninguém percebia que eu fazia a mesma coisa, que lançava e lançava pedras sem parar. Mas eu as atirava em outro lugar.

Eu atirava contra os escombros de nossa casa.

Esta é a minha casa

Desmontaram o morro em poucas semanas, extirparam dele, meticulosamente, todas as acácias. Para completar o processo de desnaturalização, assinaram uma carta de legalidade: anunciou-se, por decreto presidencial, a criação de um novo município. El Olimpo.

Não sabíamos, mas havíamos morado a vida inteira em outra cidade.

O município de El Olimpo era composto apenas dos vinte hectares da encosta oeste do morro, portanto seus eleitores seriam exclusivamente os habitantes da nova área residencial — quando eles existissem —, anulando dessa maneira o risco de que uma mudança de partido no governo comprometesse a felicidade que mereciam, principalmente considerando o quanto as pessoas da agora cidade vizinha gostavam de contradizer o PRI.

As notícias desciam do morro, atravessavam a cidade e chegavam distorcidas à horta do vovô, onde havíamos encontrado um lugar para acampar, na *casinha* do caseiro, por sorte desocupada naqueles dias. Em seu trajeto, as desgraças iam desaparecendo, as notícias passavam a ser esplendorosas, otimistas, recobertas pelo brilho da novidade. Se não fosse porque até pouco tempo tivéssemos sido protagonistas dessa história, teríamos chegado a pensar — como a maioria das pessoas — que lá em cima, no morro, estavam realizando um trabalho de reordenação que era urgente já fazia décadas.

A horta estava delimitada a oeste pela via férrea, ao norte pela fábrica da Nestlé, a leste pelo rio e ao sul por uma granja de porcos. Um perímetro de infortúnios. Ao desconforto de existirmos todos acumulados em um único quarto, era preciso acrescentar os mosquitos, o fedor dos porcos, o trem das três e meia da manhã e o apito da Nestlé, que marcava as trocas de turno a cada oito horas.

Na *casinha* não havia cozinha, carência que meu pai compensou com um fogareiro e carvão, para que minha mãe pudesse preparar as *quesadillas*. A nova metodologia exigiu um primeiro período de treinamento, no qual as *tortillas* ficavam queimadas e o queijo continuava inderretido — ou infundido, se preferirem. Minha mãe canalizava sua raiva para o fogareiro e seus pratos fracassados, mas com o passar dos dias sua técnica foi se depurando e no final resultou que, ao usar lenha de mesquite, as *quesadillas* ficaram muito mais gostosas que antes. E o que minha mãe iria fazer agora com seus sentimentos? A ninguém interessava que ela acabasse se concentrando na melancolia de ter perdido dois filhos, na frustração de terem derrubado sua casa e na angústia de ver seu filho mais velho encarcerado. Havia antecedentes gregos demais nessa história para subestimar as consequências de um protagonismo materno, como mandavam os deuses.

O barraco — traiamos os eufemismos e chamemos as coisas pelo nome — também não tinha banheiro, o que era menos grave do que parecia, pois resolvíamos tudo facilmente com a desculpa de imaginar que todo o terreno detrás do rio era uma privada e resgatando a vigência de ideias medievais europeias segundo as quais bastava banhar-se duas ou três vezes por ano.

Toda noite brincávamos de quebra-cabeça com nossos colchões, para encontrar uma maneira de nos acomodarmos debaixo daquele teto. De manhã liberávamos o espaço, para que o cômodo nos servisse de sombra, já que agora não havia árvores na horta — meu avô tinha mandado arrancar não só o milharal, mas todas as árvores frutíferas —, que eram dois hectares exóticos de trepadeiras rasteiras. Quanto às nossas atividades, é suficiente dizer que reservávamos todo tempo livre que tínhamos para coçar as picadas dos mosquitos.

Apesar dos insuperáveis inconvenientes do terreno, meu pai tinha tentado fazer com que vovô lhe adiantasse a parte da herança que lhe cabia.

— Cinquenta metros quadrados — ele havia suplicado, ainda coberto do pó dos tijolos de nossa demolição —, só te peço cinquenta metros quadrados.

Mas vovô realmente havia perdido o juízo.

— Está maluco? Em cinquenta metros dá para plantar cento e oitenta melancias, cento e oitenta! Por outro lado, o que eu ganho com vocês? Só bocas para alimentar, e ainda vão comer as melancias. Além do mais, já te dei uma mesa! Uma mesa de mesquite! Essas duram pra sempre.

Era verdade, apesar de a mesa ter ficado acompanhando os escombros da nossa ex-casa. Pelo menos meu pai havia conseguido usar nosso desamparo para impor o fato de que iríamos morar na horta *por enquanto*.

Enquanto o quê?, era a pergunta. Enquanto mais desgraças aconteciam conosco? Ninguém sabia.

Consciente de que minha mãe beirava o limite da histeria, meu pai tinha tratado de convencer seus irmãos a declararem vovô legalmente impedido, por demência senil, para disporem de seus bens. O problema era que meus tios não tinham ido para o olho da rua, portanto, mesmo com toda a pobreza deles, ainda lhes restavam o orgulho e o respeito pelo macabro.

— Espera ele morrer — repetiam todos —, não falta muito.

Mas podia faltar muito, isso era o que as estatísticas da família sugeriam, nossa expectativa de vida era alta, altíssima, meus bisavós tinham morrido com quase cem anos, meus tataravós viveram mais de oitenta, e isso porque eles tiveram que transpor o revoltoso e anti-higiênico século XIX!

— Muito, esperamos que ele viva muitos mais anos — contra-atacava meu pai, testando o potencial retórico da chantagem sentimental; além do mais ele tinha razão: vovô ainda ia durar um montão, até roçar o final do século.

— Então vai pro Pueblo de Moya, lá tem muito terreno — recomendavam a ele meus tios, em dia com as tendências de ocupação.

No entanto, se a experiência do morro serviu para alguma coisa — além de fazer sofrer —, foi para que meu pai perdesse a vontade de comprovar a impossibilidade das coisas impossíveis.

— Não vamos ocupar nada. Se eles te ferram quando você tem razão, imagina quando não tem.

— Você não tinha razão.

— Eles também não, os terrenos eram da prefeitura, não estavam zoneados para área residencial.

— E quem faz o zoneamento? A prefeitura!

— Isso mesmo!

— Isso mesmo! Você não tinha razão, e nunca vai ter, quem tem razão são sempre eles, por isso o que importa? Vai pro Pueblo de Moya, ali você consegue se aguentar por alguns anos.

— Não vamos ocupar nada, vou construir a casa na horta.

A conclusão a que meu pai havia chegado, aproveitando o argumento da loucura de meu avô, era que ele não ia nem perceber. A solitária demonstração de solidariedade que meus tios lhe consentiram foi dizer que fariam de conta que não sabiam de nada, e que diante de qualquer contratempo — a volta da lucidez de vovô, por exemplo — se esforçariam para parecer o mais surpresos e indignados possível.

— Você é quem sabe — disse um deles.

— Você é mesmo teimoso, faça o que quiser — disse outro.

— Por que você pergunta para nós se de qualquer maneira já decidiu o que vai fazer; você só está perdendo o seu tempo e fazendo a gente perder o nosso — reclamou o caçula, com o ressentimento do hematoma ainda latejando na testa.

Meu avô ia à horta todos os dias, por volta das dez da manhã, e ficava ali umas duas horas, que dedicava a interrogar seus dois empregados sobre a saúde das melancias e a inventariar os materiais guardados no armazém — fertilizantes, ferramentas, inseticidas —, para se assegurar de que ninguém o estava roubando. Antes de ir embora, sem exceção, e sem sinal do pudor local que o havia caracterizado em sua vida pré-demencial, ele abaixava as calças, pedia ajuda aos peões para situar seu traseiro no ar em posição agachadinha e cagava no meio das melancias.

— É o melhor fertilizante! — gritava feliz, ainda de cócoras, mas agora contemplando sua obra mais recente, que ainda exalava.

Despedia-se dos empregados com uma frase que demonstrava que meu pai estava enganado sobre a natureza de sua loucura — que era paranoico-obsessiva, a mais competitiva quando se trata de ocultar segredos.

— Vigiem bem esses garotos pra mim, que eles já tiveram muitos problemas com a Justiça.

Aproveitando que as pernas de vovô vinham falhando havia tempos, castigando-o com uma lentidão exasperante, e calculando mentalmente o tempo — as jornadas — que ele demorava para percorrer os duzentos metros que se estendiam da entrada da horta até o fundo, meu pai escolheu o canto sudeste para construir nossa casa, o mais afastado do acesso. Era uma localização ao mesmo tempo desafiadora — em sua coordenada leste, pela ameaça de inundação — e resignada — em sua coordenada sul, pelo fedor dos porcos.

O fio solto no plano de meu pai eram os peões — na verdade, dois fios soltos —, ele não sabia como iam reagir, não tínhamos tido oportunidade de conhecê-los, pois eram muito taciturnos. Por mais que meu pai se esforçasse, não tinha conseguido conversar com eles e, sendo assim, decidiu não lhes dizer nada, não chamar a atenção deles, e deixar para descobrir depois o tamanho da lealdade que professavam por vovô.

Na tarde que se seguiu a uma manhã em que minha mãe não havia dedicado uma sílaba sequer a meu pai, ele decidiu executar seu plano assim que os peões fossem embora. Fomos primeiro ao armazém, onde encontramos as ferramentas necessárias, o que exigiu o uso de uma chave de fenda para arrombarmos um cadeado bem fraco e que teve o grandioso efeito de gerar um ambiente de clandestinidade.

Meu pai mediu os cinquenta metros quadrados com passadas, cinco por dez, sem apego exagerado à exatidão, e colocou quatro galhos em cada canto do terreno. Arquíloco, Calímaco e eu nos encarregamos de traçar com pedras quatro linhas pontilhadas, que tornavam óbvia a relação entre os galhos. Então, Arquíloco e Calímaco colheram as melancias. Não eram cento e oitenta, só umas trinta. Ou uma ou outra: ou os conhecimentos agrícolas de vovô também estavam desequilibrados, ou tínhamos nos desvalorizado oitenta e três por cento. Enquanto isso, papai e eu arrancamos as plantas com a ajuda de ancinhos. Enfiávamos os dentes na terra e puxávamos para cima com força, para ver se conseguíamos acabar com toda aquela maldita confusão. Os ancinhos eram objetos inanimados de metal, portanto não tínhamos que nos preocupar com a consistência dos talos e das folhas das plantas. Como o cúmulo da lei do menor esforço, descobrimos que as raízes das melancias tinham penetrado muito pouco na terra e que a vontade que demonstravam de se manter agarradas ao subsolo era tímida. Depois que Arquíloco e Calímaco puseram as melancias a salvo no colo de minha mãe, coube a eles a tarefa de, usando luvas, jogar as plantas na margem do rio. O sol começava a ir embora quando meu pai deu a tarefa por encerrada.

Devolvemos as coisas ao armazém, para que meu pai pudesse exibir diante dos filhos que não era um sem-vergonha. Ele teve inclusive a gentileza de respeitar a decoração original: fechou a porta e colocou o cadeado quebrado no lugar. No barraco, minha mãe e Electra haviam se entretido cortando as melancias. Tinham abandonado num canto um monte delas, cujo pálido interior delatava o aborto a que as havíamos submetido. Começamos a comer, aleatoriamente, as melancias mais vermelhas que encontrávamos.

Pelo menos, desmatar o terreno tinha devolvido a meu pai o direito de minha mãe recriminá-lo.

— Amanhã os peões vão contar pro seu pai, ele vai nos expulsar daqui e onde é que nós vamos nos enfiar?

— Eles não vão dizer nada, você vai ver.

— Como você pode ter certeza?

— Ele obriga os dois a cheirar os excrementos dele. Você acha que eles podem ter algum respeito por ele?

— Respeito eu não sei, mas medo...

— Medo do quê? Você não viu como meu pai está? Ele está um caco, e está pirado.

— Não fale assim na frente das crianças.

— As crianças viram o avô cagar e escutam todas as idiotices que ele diz. Você acha pouco?

Teriam continuado discutindo se não fosse porque, de repente, a melancia ficou ótima: uma delícia. Doce. Suculenta. O suco superdoce escorria pelo canto da boca e o agarrávamos com os dedos para devolvê-lo para dentro, não queríamos perder nem uma gota. Meu pai acendeu uma fogueira para que pudéssemos contemplar a maravilhosa polpa que estávamos ingerindo.

Foi Electra quem de repente perguntou:

— Que é isso?

— O quê? — dissemos todos sem olhar para onde ela apontava, preocupados apenas em não nos desconcentrarmos do sabor da melancia.

— Isso! — Isso! — Isso! — Isso!

E então olhamos:

— É Castor! — gritou Calímaco.

— E Pólux! — completou minha mãe, como se a frase, assim como os gêmeos de mentira, não admitisse ser pronunciada em separado.

Castor montava um cavalo e brandia um laço com o qual traçava circunferências acima da cabeça. Ele tinha virado *charro*? Era só o que faltava.

— Que é isso? — quis saber meu pai antes de ir ao encontro dos gêmeos.

— Seus filhos, são seus filhos! — respondeu minha mãe.

— Não, atrás, atrás!

— Vacas, são vacas — tive que intervir, pois era o único especializado no assunto.

Mas ao esclarecimento faltavam muitos detalhes científicos capazes de explicar o comportamento das alvinegras. Aquilo era uma orgia de vacas histéricas. Elas não paravam quietas um instante, iam de lá para cá, perseguiam umas às outras, esfregavam-se umas nas outras, cheirando-se mutuamente as vaginas, cobrindo e deixando-se cobrir. Os mugidos entremesclados produziam um som constante, uma espécie de sinal sonoro. Que aviso as vacas queriam dar? A quem ou o quê estavam chamando?

— Não se assustem, elas estão no cio, é normal — eu disse, quando vi que meu pai se esforçava para ocultar o espetáculo erótico das mulheres da família.

— Normal? Você acha normal ter mil vacas no cio na horta do seu avô? De onde elas fugiram? — rebateu meu pai, inaugurando o movimento reacionário em defesa da realidade e do estado normal das coisas.

— Quem quer *quesadillas* normais? — ofereceu minha mãe, inspirada pela livre associação de ideias.

Todos levantaram a mão.

Eu!

Eu!

Eu!

Eu!

Todos querem *quesadillas* normais.

O chamamento das vacas encontrou eco: um estrondo de touros se prestou a satisfazer as demandas bovinas. À frente das alvinegras, Castor realizava uma seleção visual dos postulantes, eliminando os exemplares que não estivessem à altura de suas exigências mediante *manganas* e *piales*. Os touros aprovados se imiscuíam entre os lombos e sem demora desembrulhavam seus mastros imensos. Os mugidos pararam para que o som das fricções e esfregamentos se apoderasse do vento, ao ritmo do entra e sai.

— Por que estamos vendo tudo tão clarinho? — quis saber Calímaco, que ignorava os mecanismos da pornografia. — Não é noite?

Verdade, toda aquela luz não podia estar vindo da fogueira, alguém tinha acendido uma lâmpada no céu. Todos nós olhamos para cima e constatamos o fenômeno: uma luz superpotente surgia da bunda de uma gigantesca nave interplanetária.

— Não pode ser verdade — meu pai se apressou a nos desiludir.

E por que não?

Por que não, papai?

Por acaso não morávamos no país em que morávamos? Não era para acontecerem coisas fantásticas e maravilhosas o tempo todo? Não conversávamos com os mortos? Todo mundo não dizia que éramos um país surrealista?

— Não pode ser verdade. Deve ser uma alucinação, um delírio, estamos com dengue! Deve ser a febre da dengue!

Cala a boca, pai, cala a boca!

Não achávamos que Nossa Senhora de San Juan tinha curado milhares de pessoas sem saber nada de medicina? Não havíamos colocado fronteiras em um território só para bancarmos os idiotas uns com os outros? Não continuávamos a ter esperança de que um dia as coisas iriam mudar?

Não é possível, papai? Tem certeza?

Uma escotilha se abriu na nave e, bem devagar, o que acentuava sua arrogância habitual, Aristóteles desceu flutuando. Seus pés tocaram o solo no centro do círculo que havíamos formado para recebê-lo.

— O que foi, seus idiotas?

Nos abraçamos para nos certificar de que não estávamos sonhando.

— Castor, Pólux! — minha mãe gritou, para que o abraço estivesse completo.

No entanto, os gêmeos de mentira ainda não estavam preparados para o carinho. Pólux levantou o braço direito, solicitando silêncio, e só então percebemos que ele tinha virado boxeador. Seu poder de persuasão era tão grande que os touros pararam de comer as vacas.

— Exército Aqueu, preparar armas!

Armas? Para quê?

Atrás de nós, o exército inimigo avançava: padres, forças antimotins e policiais liderados pelo agente Cabeleira e Jaroslaw. Castor começou a distribuir *manganas* e *piales* a torto e a direito, Pólux nocauteava seus oponentes com um só golpe de direita. Alguns touros satisfeitos e rancorosos se divertiam chifrando os tiras. Protegido por um contingente de soldados, o engravatado apareceu com um megafone.

— Não, Oreo, assim não! Será que não te ensinei nada? Assim não, isso não serve pra nada! É um monte de idiotice!

— Olha, pai, é o engravatado.

— Esse! Não pode ser!

— Isso também não pode ser? Por quê? É ele! Tenho certeza!

— Porque esse é o Salinas!

— Salinas? Quem é o Salinas?

— Não, espera, é o López Portillo! É o Echeverría! É o Díaz Ordaz!

— Quem são esses caras?

— Uns filhos da puta!

— Então vamos acabar com eles!

Castor laçou a gravata do engravatado e a amarrou no rabo do touro mais insaciável, o qual se perdeu, com um trote frenético, no horizonte de lombos bovinos. Para onde eles estavam indo? Para a puta que pariu!

No meio do furor da contenda, Jaroslaw e o agente Cabeleira se aproximaram para negociar um cessar-fogo. Uma batalha também se desenrolava na cabeça do agente Cabeleira, onde os crespos torturavam os lisos sem piedade.

— Temos uma ordem de despejo.

— A horta é do meu pai, falem com ele, temos o direito de estar aqui — nos defendeu meu pai, fiel à sua realidade, apesar das aparências.

— Você não está entendendo nada.

— Então me ajuda.

— Vocês têm que sair *disso*.

— *Disso*? O que é *isso*?

— *Isso*!

— É desacato à realidade.

— Dá prisão sem fiança.

— Do que vocês estão falando?

— Saiam!

Mas Pólux já havia se colocado diante deles. Dedicou ao agente Cabeleira um gancho na mandíbula, enquanto Jaroslaw recebeu uma direita no supercílio. Como, com sua pequena estatura, ele havia conseguido golpeá-los no rosto era algo que nem o agente Cabeleira nem Jaroslaw conseguiriam explicar. Os dois corpos saíram voando pela horta e desapareceram atrás do rio.

— Rápido! — meu pai nos mobilizou —, temos que aproveitar!

— Pra quê? — todos perguntaram mentalmente.

— Para construir a casa!

Atravessamos a horta numa corrida esquizofrênica, mas caíamos o tempo todo, enroscados nos talos das melancias. Quase teria sido melhor avançar se arrastando. Quando finalmente nos situamos no terreno que havíamos limpado, meu pai começou a organizar a arquitetura com rapidez.

— Um ou dois andares?

— Dois andares!

— Dois andares!

— Tá bom. O que vamos pôr no primeiro andar?

— A cozinha.

— A sala.

— Meu quarto dentro da cozinha — pediu Electra —, para eu ficar perto das *quesadillas*.

— E um banheiro dentro do quarto de Electra!

— E uma sala de tevê dentro do banheiro!

— E um jardim dentro da sala de tevê!

— Não, não, assim não!

Por que não, papai? Por que não?

A casa está feita de quê?

Então lembrei que o aparelhinho do botão vermelho ainda estava no bolso da minha calça.

— Esperem! — ordenei.

E fiz clique.

Dois andares.

Clique.

A sala.

Clique.

A cozinha.

Clique.

O quarto de Electra.

Clique.

Um banheiro.

Clique.

A sala de tevê.

Clique.

Um jardim com acácias! Para não nos esquecermos de onde viemos.

— O que mais, o que mais?

Uma sala para mamãe chorar?

Terminamos a casa e pusemos uma porta de madeira de mesquite nela, uma porta pesada e resistente, que vigiaria o passar dos anos e dos séculos. Era uma casa fantástica: tinha uma torre de vigilância e havia pontes ligando os quartos.

— Pai, podemos fazer como no morro.

— Hein?

— Fazer outro município.

— Um município de cinquenta metros quadrados?

— Ou outro país.

— Outro país!

— Polônia!

— Polônia.

Então meu pai me disse:

— Recita.

E eu:

Suave Pátria, vendedora de chia,
Quero raptar-te na quaresma opaca,
sobre um garanhão, e com matraca,
e entre os tiros da polícia et cetera.

Estávamos prestes a entrar para irmos dormir, quando a porta se abriu e de dentro da casa emergiu meu primo Pink Floyd. Fora da cadeia, ele desdobrava sua verdadeira estatura, era altíssimo. Colocou-se a nosso lado para admirar a construção. Sua cabeça refletia no vidro das janelas do segundo andar. Ele levantou a mão para comprovar a existência da torre de vigilância.

— Ficou bonita.

Todos nós sorrimos felizes: tínhamos dentes superbrancos e perfeitos.

— Obrigado.

Mas logo ele descobriu o que estava acontecendo:

— Ei, seus safados, não comam minhas melancias.

Esta é a nossa casa.
Esta é a minha casa.
Agora tente derrubá-la.

Glossário do autor

Nota 1: página 16. "Dizíamos que eles eram *os do galinho colorado*".

O partido do galinho. O PDM, Partido Democrata Mexicano, que tínhamos que chamar de Pê-Dê-Eme para não enrolar a língua e cuspir nos outros, era mais conhecido como Partido do Galinho. Foi fundado em 1979 e desapareceu em 1997, ao não obter os votos necessários para manter o registro eleitoral. Teve sua origem na Unión Nacional Sinarquista, que, por sua vez, tinha como modelo a Falange espanhola. Governou a prefeitura de Lagos de Moreno durante a primeira metade da década de 1980. O logotipo do partido era um galinho vermelho cantando, convocando seus correligionários para se levantarem e ir à missa das cinco, porque, segundo dizem, Deus ajuda quem cedo madruga, apesar de isso nunca ter sido comprovado.

Nota 2: página 75. "E se propagaria monstruosamente anos depois durante o salinismo".

Carlos Salinas de Gortari. Presidente do México de 1988 a 1994. Chegou ao poder depois de "eleito" numa campanha disputadíssima contra o candidato de esquerda, Cuauhtémoc Cárdenas. No caso, as aspas de "eleito" são significativas, pois suspeitas de ter havido fraude eleitoral permanecem até hoje. Na madrugada seguinte ao dia da eleição, o sistema eletrônico caiu, dando origem a uma de nossas piadas políticas mais ridículas e tristes, a chamada Queda do Sistema. Durante sua presidência, Salinas aplicou um raivoso programa neoliberal, no qual se destacaram as privatizações de empresas estatais. Gozou de grande prestígio internacional durante a maior parte de seu mandato, sendo saudado como um modernizador da economia mexicana. Ninguém viu o desastre que se aproximava. Ninguém quis ver. Poucos meses depois de sua saída, em dezembro de 1994, desencadeou-se uma grave crise econômica, conhecida no México como O Erro de Dezembro, que gerou pânico internacional sob o nome de Efeito Tequila. O projeto salinista consistiu em esconder os problemas debaixo do tapete. Salinas se converteu no grande vilão de todos os grandes vilões da política mexicana. As suspeitas de corrupção em seu governo se multiplicaram e seu irmão foi preso, acusado de ter mandado matar o então presidente do partido. Ainda hoje, *salinista* é um insulto muito, muito grave.

Nota 3: página 126. "Meu pai enquadrava a colonização..."

PRI. Sigla do Partido Revolucionário Institucional. Sim, não é piada, trata-se de uma revolução institucionalizada. O partido surgiu em 1929 como solução para que os caciques da Revolução Mexicana parassem de se matar uns aos outros. Governou o México por setenta anos, até o ano 2000, período em que criou e consolidou uma cultura política baseada na corrupção, na demagogia, na cooptação, na fraude e em um monte de *et ceteras*. Sua ideologia é camaleônica: foi de esquerda nos anos 1930, populista nos 70, neoliberal a partir dos 80. Voltou ao poder em dezembro de 2012. (Também não é piada.)

Nota 4: página 145, diálogo em que se cita Salinas, López Portillo, Echeverría, Díaz Ordaz.

A seleção mexicana dos piores presidentes priistas da história.
Carlos Salinas de Gortari (*ver acima*).
José López Portillo foi presidente do México de 1976 a 1982, época de uma crise perpétua, caracterizada pela hiperinflação e por desvalorizações. Foi um dos políticos mais histriônicos da história mexicana (e olha que a concorrência é grande). É lembrado por ter dito que defenderia o peso "como um cão". Portillo afirmou isso em 4 de fevereiro e no dia 18 o dólar, que valia 28 pesos, passou a valer 70, uma desvalorização de 250%. Isso prova que os cães são péssimos estrategistas econômicos.
Luis Echeverría Álvarez foi presidente de 1970 a 1976. Liderou um governo populista que teve, talvez, a pior gestão econômica da história do México (e olha que a concorrência é grande). Repetia o tempo todo o lema motivacional "Para cima e para a frente", enquanto o país afundava e retrocedia sem solução. Foi o responsável pelo desprestígio das belíssimas camisas tipo *guayaberas*, que sempre usava.
Gustavo Díaz Ordaz presidiu o México de 1964 a 1970. Além de suas múltiplas inaptidões, será lembrado, isto não se esquece, nunca se esquecerá, pela matança de estudantes na Plaza de Las Tres Culturas de Tlatelolco, na Cidade do México, em 2 de outubro de 1968.
Este romance não menciona Miguel de la Madrid Hurtado, presidente de 1982 a 1988, época em que esta história transcorre, não por ele ter sido um bom presidente, mas simplesmente porque foi uma figura desinteressante.

Dívidas e agradecimentos

A ideia da Polônia como lugar nenhum é de Alfred Jarry, que no prólogo de seu *Ubu rei* escreveu: "A ação que vai começar ocorre na Polônia, ou seja, em Lugar Nenhum".

Orestes recita fragmentos do discurso "A los pueblos engañados", de Emiliano Zapata, e de *La suave patria*, de Ramón López Velarde.

As *quesadillas de pobre*, e por consequência todas as categorias de *quesadillas*, são inspiradas nas *enchiladas de pobre** de minha avó María Elena. Como vai, vó?

Rolando Pérez e seu pai, de mesmo nome, não são poloneses nem se parecem com personagens deste romance, mas são inseminadores de vacas e me ensinaram tudo o que sei sobre esse tema fascinante.

Andreia Moroni, Teresa García Díaz, Cristina Bartolomé e Iván Díaz Sancho leram com rigor as primeiras versões do romance.

Este livro também está dedicado a meus pais, María Elena e Ángel, e a meus irmãos Luz Elena, Ángel, Luis Alfonso e Uriel.

* Prato que consiste em *tortillas* de milho enroladas com algum recheio, em forma de panquecas, banhadas em molho picante.

ESTA OBRA FOI COMPOSTA POR ACOMTE
EM MERIDIEN E IMPRESSA PELA RR DONNELLEY EM OFSETE
SOBRE PAPEL PÓLEN BOLD DA SUZANO PAPEL E CELULOSE
PARA A EDITORA SCHWARCZ EM SETEMBRO DE 2013